몸값 상승
시크릿

몸값 상승 시크릿

성공을 위한
가장 현실적인 커리어 전략

김경옥 지음

도서
출판 **더 로드**
The Road Books

우리는 아직도 성장할 수 있습니다

내 몸값은 얼마인가요? 나는 얼마큼의 가치를 지닌 사람인가요? 젊을 때 우리는 일을 하면서 몸을 씁니다. 간혹은 혹사하기도 합니다. 정신과 육체가 분리된 가상의 존재가 아니라면 어떤 일을 하든 우리 몸이 사용되지 않을 수는 없을 것입니다. 아마도 그렇게 젊을 때 몸을 써서 돈을 번 대가로 늙으면 몸에 여기저기 이상 신호들이 오는 것일 터입니다.

모두가 나를 팔아 삽니다. 그런데 시장에서 나는 얼마의 가치를 쳐 주던가요? 이미 성장한 우리지만, 우리는 아직도 성장할 여력이 남아 있습니다. 그리고 우리 성장의 정도는 일견 어느 부분은 우리의 연 소득, 연봉, 몸값으로 대변될 수 있을 것입니다. 아직 성장할 수 있다고 믿는 사람에게는 신이, 우주가 우리를 성장하게 해 줍니다. 역경을 딛고 일어나 성공한 많은 대가들이 말하는 것처럼, 저 또한 "나는 성장할 것이다", "나는 성공할 것이다" 라고 외는 주문이, 그런 믿음이 정말 나를 이끌어 주고, 나를 억대 연봉의 컨설턴트로 만들어줬습니다. 지금 인생에서, 일에서, 인생의 그 어느 지점에서든 고민하고 있는 많은 분들에게, 제 경험을 통해 배운 인사이트들을 정리해서 공유하면, 어쩌면 도움이 될 수 있지 않을까 생각했습니다. 그리고 그것이 나를 억대 연봉자로 만들어 준 사회에 기여하는 또 한가지의 방법일 것이라고 생각합니다.

저는 경영컨설턴트로 기업의 조직을 진단하고, 전략을 수립합니다. 또한 헤드헌터로 인재 채용에 어려움을 겪는 기업들에 채용에 관하여 조언하고, 인재를 추천하여 도움을 주기도 합니다. 이러한 과정 중에 저는 기업 경영의 많은 부분들이 실제로 개인의 성장에도 도움을 줄 수 있을 것이라는 생각을 했습니다.

많은 기업이 지속 가능한 성장 동력을 찾는 데 몰두합니다. 이는 기존에 해왔던 사업이 잘 되고 있을 때에도 마찬가지입니다. 기존 사업이 잘 되고 있다고 손 놓고 있다가는 언제 상황이 변해서 돈이 벌리지 않을지 모르기 때문입니다. 그러기에 기업은 매년 환경분석을 통해 새롭게 전략을 수립하고, 지속 가능한 또 다른 성장의 동력을 찾습니다. 개인도 그래야 합니다. 기업이 기존 사업에서 철수하고, 매각하고, 새로운 사업을 인수하는 것처럼, 우리도 그래야 합니다. 그리고 그러한 과정에서의 명심해야 할 키워드는 '성장', '지속 가능한 성장'이어야 하고, 이는 개인의 경우, 다름 아닌 바로 우리의 몸값입니다.

성장을 위해 기업에서 활용하는 방법을 크게 두 가지로 구분하면 유기적 성장과 비유기적 성장으로 나눌 수 있습니다. 자생적/유기적 성장(Organic Growth)은 내부 역량에 의존하는 방법이고, 비유기적 성장(Inorganic Growth)은 전략적 제휴나 인수 합병을 통해 외부 자원을 활용하는 방법을 말합니다. 유기적 성장은 지금 하고 있는 사업 내에서 내부적인 역량을 통해 성장을 이뤄내는 것이고, 비유기적 성장은 M&A를 통해 새로운 사업과 역량을 마련해 성장하는 방법입니다. 비유기적 성장은 불확실한 상황에서 보다 적극적으로 성장 동력을 찾는 방법이라고 하겠습니다. 저는 많은 부분 세상이 돌아가는 이치는 동일하기에 이러한 원칙을 개인에게도 적용하면 정말 확실한 자기 성장의 기법이 될 수 있을 것이라고 확신합니다. 유기적 성장이란 나 스스로의 자기 계발을 통해 전문성을 기르는 것이고, 비유기적 성장이란 유기적 성장을 지속하면서 이직을 통한 커리어 점프로 얘기해 볼 수 있을 것입니다.

저는 개인도 기업처럼 자신의 커리어에 유기적 또는 비유기적인 방법을 동시에 활용하는 것이 성공을 위한 가장 현실적이고도 확실한 커리어 전략이라고 확신합니다. 이를 통해 인생의 주요 순간마다 꼭 등장해서 우리를 시험하는 숱한 위기들에 굴복하지 않고, 결국은 자신의 몸값을 높이는 분들이 많아지기를 소망하는 마음을 담아 책을 썼습니다. 부디 많은 분들이 이 책을 통해 자기 성장을 도모하고 몸값을 올리고, 궁극적으로 인생의 성공을 맛보시기를 기원합니다.

연못 앞에 서서 물고기를 바라보지만 말고, 물러서서 그물을 준비해야 합니다. 우리 사회와 미래를 잘 이해하고 미래에 기회가 있음을 믿어야 하죠. 그리고 실력을 갖춘 전문가가 됩시다. 그러면 성공확률이 훨씬 높아질 겁니다.

- 우쥔, 구글 초창기 연구원이자 자연어 처리 및 정보 검색 전문가

*다수의 면접, 컨설팅, 헤드헌팅의 실례로 본문에 포함된 각종 사례들은 고객비밀 보호를 위해 이름, 기업명 등을 익명처리했음을 밝힙니다.

contents

유기적 성장 전략

chapter 1
당신이 아니어도 누군가는 최고가 된다

비유기적 성장 전략

chapter 4
최종합격을 부르는 면접의 기술

전략 활용을 위한 준비

유기적 성장 전략

당신이 아니어도 누군가는
최고가 된다

N잡러가 대세인 시대에도
직장인의 몸값 올리기는 필요할까?

직장인들에게 이제 투 잡이 아닌 N잡은 아주 흔한 개념이 되었
다. 한 우물만 파서는 먹고살기 힘든 시대는 우리에게 하나의 직
업이 아닌 두 개, 아니 여러 개의 직업을 갖기를 요구한다. 여기서
직장인들이 갖는 N잡이란 본래 직업과 전혀 무관한 분야를 포함
하는 경우도 많다. 자신의 본업을 기반으로 이를 횡적으로 확장하
는 방식의 N잡도 있겠으나, 본업과는 관련 없는 취미 등을 개발
하여 또 다른 소득원으로 키우는 케이스가 많다. 실제로 취업 포
털 잡코리아의 2021년 11월 25일자 조사에 따르면 직장인 10명
중 4명은 N잡러 이고, 이 중 취미나 특기를 살려 N잡을 하고 있
다는 직장인이 75.3%로 직무나 전공을 살려 N잡을 하고 있다는
직장인 64.5% 보다 많다고 한다.

월급쟁이에게 더 이상 본업에 충실하기보다는 본업과 뚜렷한 관련이 없는 분야라고 하더라도 최대한 다양한 수입원을 구축하여 어서 이 힘든 직장생활을 그만두고 자유롭고 독립적으로 경제생활을 영위하는 것이 이 시대 직장인들의 목표가 되어가고 있는 것이다. 이러한 시대를 맞이하니 과연 N잡의 시대에는 직장생활을 열심히 해서 몸값을 올리는 것이 더 이상 의미가 없는 것이 아닌가 고민이 들기 시작한다. 몸 값을 올리기 위해 열심히 직장생활을 하는 것보다 오히려 N잡을 노리며 여러 가지 수입원을 구축하는 데에 더 열심을 기하는 것이 바람직한 선택이 아닐까 하는 것이다. 직장생활이란 다만 경제적으로 독립하기 전까지 필요한 하나의 소득원에 불가한 것 아닐까 싶은 것이다.

나는 여기서 근본적인 질문을 하나 던지고 싶다. 우리가 일하는 목적은 무엇일까? 단순히 돈을 버는 것일까? 어쩌면 우리가 일하는 목적이란 생계를 위하여 돈을 버는 일 이외에도 자신의 자아실현, 사회적인 가치 실현 등 더 고차원적인 것에 존재하는 것 아닐까? 우리가 우리 일을 나름의 소명의식을 가지고 지금까지 나를 이렇게 멋진 성인으로 길러준 사회에 기여하기 위한 하나의 방편으로 여긴다면, 그때 나는 사회에 더 깊고 중요한 것을 전달하기 위하여 일해야 하는 것이다. 물론 그러한 과정 중에 우리는 생활인이므로 우리의 생활을 영위하기 위한 돈벌이, 생계가 가능해야 하는 것은 당연하다. 그리고 그 돈벌이야 더 높은 수준일수록 당연히 좋겠지만, 다만 일의 근본에 대하여 생각해 본다면 우리가 일하는 목적이 돈 벌이, 그 자체에만 있는 것은 아니라는 것이다.

우리가 성인이 될 때까지 이렇게 멋지고 예쁘게 키워준 사회에 대한 일말의 기여, 더 나은 사람이 되어 다 많은 사람에게 도움을 주고, 또 열심히 일함으로써 다음 세대를 키워내는 것. 이것이 우리가 이 사회에서 일하는 목적이 되어야 한다는 것이다. 그렇다면 우리가 일하고 커리어를 쌓아가는 목적이 단순히 돈벌이에 있는 것이 아니므로, 우리는 더 많은 기여를 하기 위해서 어떻게 하면 그것이 가능할지 고민해야 한다. 나는 어떻게 해야 내가 하는 일을 통해 더 많은 사람에게 기여할 수 있을 것인가? 어떻게 일을 하면 사회에 더 깊은 존재가 될 수 있는 것인가? 이런 고민을 하면서 일을 하는 것, 이것은 바로 본업에서의 나를 전문가로 만들어 주고, 내 몸값이 올라가는 것으로 그 결과가 나타나게 될 것이다.

물론 세상의 모든 돈벌이는 우리가 사회에 어떠한 기여를 하지 않는 이상 절대 주어지지 않는 결과이므로, N잡을 통한 돈벌이는 단순한 돈을 벌기 위한 것이고, 본업에 보다 충실해서 몸값을 올리는 것은 사회에 더 깊은 기여를 한다는 이분법적인 의미로 논

하는 것은 분명 아니다. 다만 우리가 돈을 더 많이 벌기 위한 여러 가지 방법 중에서 본업을 충실히 해서 우리 몸값 자체를 높이는 것을 놓쳐서는 안 된다는 것이다. 그리고 우리가 열심히 일을 해서 우리가 속한 분야에서 전문성을 인정받아 몸값이 올라가면 N잡을 통해 그토록 이루고자 했던 경제적 독립, 자유로운 생활도 훨씬 더 빠르게 달성할 수 있을 것이다. 물론 본업에 충실해서 한 분야의 전문가가 되고 몸값이 올라가면 자연스럽게 강의 등 부수입도 창출할 가능성이 높아지므로 이 또한 N잡이라고 할 수 있겠으니, 어쩌면 우리는 우리 수입의 파이프라인을 늘리기 위해 본업에 더욱 충실해야 하는 것 아닐까? 아이러니하지만 이것이 가장 빠른 방법일 수 있다는 사실을 다시 한번 생각해 봤으면 한다.

우리를 행복하게 만드는 데 정말 필요한 것은 바로 열정을 가질 대상이다.

- 찰스 킹즐리, 영국의 소설가 및 성공회 사제

당신이 아니어도 누군가는 최고가 된다
5~10년의 시간을 투자하자

성공한 사람들 중에 자기 분야에서 최고가 아닌 사람을 우리는 꼽을 수 있을까? 몸값을 높이고, 부자가 되고, 성공하기 위해 자기 분야에서 최고가 되는 목표를 세우지 않고, 우리는 절대 목적을 이룰 수 없다. 우리는 성공하기 위해서 반드시 내 분야에서 최고가 되어야 한다. 그리고 최고가 되는 자에게는 높은 몸값이 부상으로 주어질 것이다.

많은 사람들이 N잡을 꿈꾸고, 수없이 재테크를 연구하고 열심히 한다. 이 모든 것이 필요 없다는 이야기는 아니다. N잡은 위기를 돌파하는 아주 효과적인 방법일 수 있고, 재테크는 부자가 되는 길을 더 빠르게 해 줄 수 있을 것이다. 그런데 우리가 N잡러로서 열심히 추구하고 고민한다고 해서 성공할 수 있을까? 성공이란 본디 나 혼자만의 자화자찬으로 이루어지는 것이 아닌, 다른 사람의 인정이 필요하다. "아 저 사람은 성공했지" 라고 간단히 말할 수 있는 사람 중에 정말 문어발 식으로 N잡을 수행하는 사람이 몇 명이 있을까? 재테크를 열심히 해서 이른 은퇴를 하면 그것이 우리의 성공일까?

인생에서 진짜 성공은, 그 성공으로 인해 우리가 보람을 느끼고, 무언가 사회에 기여하며 이 세상에 태어난 목적을 이루었다고 생각하는 그 성공은, 절대 자기 일에서 최고가 되지 않고는 가질 수 없다. 그리고 당신이 아니어도 다른 누군가는 최고가 된다.

우리가 만약 인생에서 성공을 바란다면 우리는 반드시 우리 일에서, 우리가 하는 분야에서 최고가 되어야 한다. 만약 우리가 성공하고 싶다면 우리는 N잡러를 꿈꾸고, 재테크 기술을 연마하는 것 못지않게 자기 분야에서 최고가 되기를 목표로 연구하고 공부하고 실행에 옮겨야 한다. 그리고 그 과정 중에 우리는 우리의 몸값이 해 년마다 다르게 올라가는 것을 경험할 것이고 궁극적으로 최고가 되고 인생의 성공을 맛볼 수 있을 것이다.

자기 분야에서 최고가 되어 높은 몸값을 받기 위해서는 얼마의 시간이 걸릴까? 나는 헤드헌터로 수많은 인재들을 접해본 경험상 최소한 5~10년의 시간이 걸릴 것이라고 본다. 이 시기를 잘 버티고 살아남아야 한다. 쉽게 포기하지 않기를 바란다. 숙련의 시간을 5~10년으로 보는 이유는, 이직 시장에서 가장 잘 팔리는 경력 연수와도 비례한다. 이직 시작에서 5~10년에 해당하는 대리~과장급은 가장 인기가 많은 연차이다. 이 시기의 경력자가 기업에서 가장 선호되는 이유는 무엇일까? 차장 부장급보다는 저렴한 값으로 필요한 일들을 척척해 낼 수 있는 경력이기 때문이다. 사원급은 대리 과장급보다 기업 입장에서 비용은 적게 들지만 업무의 숙련도에 있어서 바로 활용이 불가능할 수 있기 때문이다. 교육시켜서 사원급을 쓰니 비용은 그리 차이 나지 않지만 교육 기간이 필요 없이 바로 업무에 투입할 수 있는 대리 과장급이 선호되는 것이다. 한 업무에서 5~10년의 기간을 숙련했다면 따로 교육기간이 필요 없이, 따로 코칭이 필요 없어도 자신의 업무를 스스로 해낼 수 있을 것이라고 보는 것이다.

그러므로 우리가 어떤 분야에서 적어도 초급 전문가의 수준으로 도약하기 위해서는 최소 5~10년의 시간을 투자해야 한다. 가만히 있어도 시간은 흘러간다. 내가 분야를 몇 번 바꾸어도 그렇고, 한 분야에서 지속해도 그렇다. 하지만 자기 분야를 계속해서 변경한 사람은 그 어느 분야에서도 최소 경력기간을 채우지 못해 전문가가 될 수 없지만, 한 분야에서 계속한 사람은 결국 어느 시점에 그 분야의 전문가가 되고, 이후 자신의 노력 여하에 따라 최고가 될 가능성이 주어진다. 그리고 시장은 바로 이런 사람에게 높은 몸값을 쳐준다. 자기 분야에서 최고가 되고, 높은 몸값을 받고, 성공하기 위해서 우리는 자기 분야에서 상위 10%가 되기 위해 노력하고, 또 상위 3%가 되기 위해 노력해야 한다. 그리고 해당 분야에 최소 5~10년은 투자하자.

젊은 시절엔 멋진 일을 하고 싶어 한다. 하지만 그 멋진 일은 돼지 우리 속에 숨겨져 있을 가능성이 크다. 그 숨겨진 멋진 삶을 발견하려면 시간이 오래 걸린다. 어떤 사소한 제안이라도 모두 경청하라. 그리고 무엇을 하든 오랫동안 하라.

- 데릭 시버스, 온라인 최대 독립 음악 스토어 CD베이비의 창업자

내 커리어의 피보팅이 나를 살린다
제너럴과 스페셜의 믹스

그런데 여기서 중요한 것은 무작정 해당 분야에 올인하는 시간이 필요하다는 생각에만 사로잡혀서 아무런 전략 없이 5년에서 10년을 버티기만 하면 안 된다는 것이다. 사람에 따라 개인 차이가 있을 수 있지만 무슨 일이든 3~5년 정도 하면 (완벽하지는 않더라도) 어느 정도 수준에는 도달한다. 물론 더 오래 하면 더 높은 수준에 도달할 것이다. 물론 10년 이상 더 많은 시간을 투입하면 우리는 아마 더 그 분야에 대하여 완벽해질지도 모르겠다. 어쩌면 정말 그 분야의 대가가 되어서 노벨상을 받거나 완벽한 전문가가 될 가능성도 있지 않을까? 그런데 현실적으로는 오래 한 분야에서 아무런 변화 없이 '노오력'을 지속하는 것은 노벨상을 받는 등의 완벽한 전문가가 될 가능성보다 오히려 자신의 분야에서 위험해질 가능성이 더 높다.

　아무런 대책 없이 오래 하면? 대체 불가능한 장인이 될까? 대체 불가능한 장인, 대체 불가능한 핵심인력은 단순히 오래 근무하면 만들어지는 것일까? 오히려 이럴 경우 대개는 매너리즘에 빠지고, 경험이 쌓이지만 고립되어 한 가지만 알아 융통성이 없고, 위기가 왔을 때 대처가 불가능하게 될 가능성이 훨씬 높다. 즉 대체 불가능한 인재가 되는 게 아니라 상황 대처가 안 되는 인간이 되는 것이다.

　상황 대처가 안 되는 인간이란, 언젠가는 조직에서 그 필요성을 인정받지 못하고 팽 당하게 되는 것이 그 수순일 것이다. 한 개인이 어떤 분야에서 경력을 쌓아가는 동안 그의 몸값도 자연스레 조금씩 함께 높아지기 때문에 조직 입장에서는 그를 계속 데리고 있는 것이 굉장한 부담이 된다. 그러므로 우리는 살아남기 위하여 내 몸값을 증명하는 일들을 해야 하는 데, 이 것이 한 분야에 오래 근무한다고 생기는 게 아니라는 데에 그 문제가 있다. 우리가 성장하고 존속하고 생존하기 위해서는 한 분야에서 오래 지속한다는 것에 만족해서는 안 된다. 프레임 안에 갇혀서는 안 되고, 경력이 쌓여 갈수록 새로운 프레임을 창조하고 변형해 가면서 나만의 것들을 만들어 가야 한다.

다양한 가능성을 타진해 나가야 하고, 이러한 과정을 통해 그 안에서 대체 불가능한 사람이 되고, 전문가가 되어야 한다. 한 분야에서 3~5년 동안은 정말 아무 생각 하지 않고 그 분야에 올인 해 가면서 일을 익혀야 한다. 하지만 그 이후의 전략은 달라야 한다. 거기에 매몰되어서 늘 똑같은 일만 해서는 절대 우리의 생존을 담보할 수 없다. "최소 10년 이상은 해야지 전문가 아닌가요?" 라고 묻는 다면, "아 그렇죠, 하지만 10년 동안의 일을 너무 좁게 가져가서는 안되요." 라고 말하고 싶다. (앞에서 얘기한 것처럼 5년에서 10년의 숙련기간이 반드시 필요하지만 최소 3년이 지나면 본질을 해치지 않는 선에서 변화가 필요하다는 것이다.)

예를 들면 이런 것이다. 헤드헌터이기도 하고, 전문 면접관이기도 하고, HR 컨설턴트이기도 하고, 커리어 컨설턴트이기도 한 것. 이 것들은 다 같은 것 같으면서도 다소 다르다. 처음에 헤드헌터로 시작했다면 3~5년이 지나면서 해당 업무에 익숙해지면서 점차 그 해당업무의 본질을 재정의 하고 넓혀나가야 한다. 이 것이 스타트업들이 생존을 위해서 하는 피봇팅 전략이고, 우리는 우리 개인의 삶에서도 동일한 전략을 접목해야 한다. 그것이 우리가 전문가로 인정받으면서 생존을 도모하는 유일한 방법이다.

전문가는 한 분야를 오랫동안 성과를 내며 해온 사람을 말한 것 같지만 오히려 한 분야의 전문가가 되기 위해서는 그 범위를 너무 좁게 가져가서는 안 된다는 것을 명심해야 한다. 제너럴리스트와 스페셜리스트가 완전히 따로 노는 것이 아니다. 오히려 제너럴과 스페셜이 골고루 같이 가야 한다. 그게 전문가. 이것은 아이러니 하지만 우리가 살아남기 위해 알아야 하는 진실이다.

세상은 변하고, 고인 물은 썩으며, 썩은 물은 버려지게 된다. 팽당하는 일 순위가 되지 않기 위해 우리는 우리에게 주어진 다른 업무를 하고, 또는 본질을 확장할 수 있는 새로운 것들을 계속해서 찾아야 한다. 새롭게 시작하는 것은 늘 어렵고 고되지만 이게 생존의 방법이기 때문이다. 그리고 또한 이것이 새로운 비즈니스 모델을 발견하는 방법이다. 3년 이상. 당신이 대리급 정도는 된다면 이제는 다음 한 걸음을 고민해야 한다.

이 지구상에는 적은 돈을 받고도 기꺼이 순종하면서 더 열심히 일하려는 사람들이 너무나 많다. 따라서 당신이 경쟁자들보다 더 순종하는 건 불가능하다. 당신이 그런 경쟁자들을 따돌릴 수 있는 유일한 길은 리더십과 문제해결 능력 면에서 앞서는 것이다.

- 세스 고딘, 세계 최고의 마케팅 전문가

사례 : 고액 연봉자의 비밀

"주말에도 회사에 나갔어요."

"왜요?"

"그냥 나는 회사가 좋았어요. 딱히 주말에 할 일도 없었고, 그 래서 그냥 회사에 나간 거예요."

"그럼 회사에 나가서 뭐 한 거예요?"

"뭐. 자격증 공부도 하고. 책도 읽고 그랬죠."

이것이었다. 이 사람이 지금 또래보다 많은 연봉을 받을 수 있 었던 사실이. 2007년 2800만 원으로 평범하게 시작했던 그의 연 봉은 2020년에 이미 1억 6천을 상회했고, 현재는 2억이 훌쩍 넘 는다. 13년이라는 시간 동안 약 5.7배 연봉을 상승시킨 그의 비결 은 늘 공부하고 시장의 변화를 주시하며 깨어있었던 데에 있었다.

연봉을 높이면서 이직을 했지만, 또 자신의 경력에 필요하다고 생각하면 굳이 이직을 하는 데에 있어서 연봉을 높이지는 않는다. 그가 준비하는 이번 이직에서는 연봉이 그저 수평 이동(지금과 같은 수준의 연봉)만 되면 된다고 한다. 그럼 연봉도 오르지 않는데 왜 이번 이직을 준비할까?

"내가 지금 내 분야에서 거의 최고라고 할 수 있는 자격증을 3개를 가지고 있거든요. 근데 여기에서 부동산 관련된 지식이 있으면, 아마 대한민국에 이런 사람이 없을 거예요. 근데 이 회사(새로 지원한 회사)에서는 부동산 관련한 업무를 할 수 있어요."

그는 최근에 공인 중개사 시험을 치렀다고 했다. 관련한 시험 준비 공부는 하나도 못했고, 문과 쪽으로 공부나 일을 해본 적이 없어서, 문제조차 이해하기 힘들었다고 했다. 그렇다면 대체 왜 그 시험을 봤을까? "내가 꼭 무슨 공인 중개업을 하려고 한 건 아니고. 부동산 쪽으로 공부를 좀 시작해야겠다고 생각하니까, 한번쯤 이 쪽 분야가 어떤지 감을 익히는 차원에서 본 거예요."

주말에 일이 없어도 회사에 나가서 지낼 정도로 회사가 좋았다는 그는 그 회사의 사장도 아니고, 사장 아들도 아니다. 그런데도 그는 그냥 회사가 좋았다고 했다. 그래서 그는 몇 년간 그 회사에서 근무하면서 그가 지금 보유하고 있는 자격증을 땄고, 이것은 그가 지금까지도 그의 실력을 입증할 수 있는 최고의 무기가 되고 있다.

그는 한 회사의 임원은 아니다. 평범한 직원일 뿐이나, 자신의 또래 40대 초반의 경력자들이 받기 힘든 연봉을 받는다. 지금 재직하고 있는 회사에서도 부서 이동을 고민하자 담당 임원이 그의 전배를 막기 위해서 연봉을 10% 정도 올려줬다고 한다. 그렇게 해서 그는 일반 직장인으로서 그의 또래들이 받기 힘든 수준의 연봉을 수령하고 있고, 급하진 않지만 조심스럽게 사회의 변화에 따라 새로운 기회를 찾고 있다.

한 회사에서 근무하면서 그 회사의 임원이 되는 것을 목표로 할 수도 있었겠지만, 첫 입사한 대기업에서 기업 문화가 본인과 맞지 않는다고 생각했던 그는 2년이 채 되지 않아 퇴사했다. 그리고 외국계 기업으로 자리를 옮긴 후 수년씩 한 회사에서 근무하고 있다. 새로운 회사에 입사하면서 늘 다음 이직을 생각하는 것은 아니지만 시간이 흐른 이후 그가 이직을 고려하는 때는 이렇다. 그이직이 본인의 경력에 꼭 필요한 때. 재직했던 기업의 매출이 계속하여 하락세를 타고 있거나, 아니면 사회의 변화로 새로운 지식의 습득이 필요할 때, 그는 이직을 통해 그러한 시장의 요구를 그의 경력에 추가한다.

사람이 하나의 유기체로서 그의 인생에서 희로애락을 경험하고, 전성기와 쇠퇴기를 주기적으로 반복하듯이 회사도 마찬가지일 것이다. 침몰하는 배 안에서 그저 기도하며 기적이 일어나기

만을 바라며 머무르기를 희망하지 않고, 침몰의 위기가 느껴질 때 재빠르게 성장하는 다른 배로 옮겨 타는 것을 주저하지 않는 사람에게는 사회에서 더 많은 보상이 주어진다. 새로움에 도전하는 용기에 대하여 정당한 보상을 지급하는 것이다. 그리고 시간이 지날수록 그 격차는 더 벌어진다. 다만 그러기 위해서 늘 끊임없이 사회를 돌아보고, 자신을 단련하는 일을 늦추지 않는 것을 당연한 일과로 여겨야 한다.

좋아하는 일을
찾는 방법

좋아하는 일은 어떻게 찾을 수 있을까? 자신의 적성을 찾기 위해 풍부한 독서로 견문을 넓히고, 여행을 통해 세상에 대하여 체험하는 동안 찾을 수 있을까? 아니면 훌륭한 구루를 찾아 수시간 동안 상담을 하면 무언가 깨달음을 얻을 수 있을까? 그도 저도 아니면 템플 스테이나 힐링, 명상 강좌 등을 통해 마음을 집중하는 법을 배우면 내가 좋아하는 일을 비로소 찾게 될까?

개인적으로 어릴 때 문학소녀이고 싶었으나, 해당 분야를 섭렵할 수 있을 정도로 부지런하지 못하여 이루지 못한 관계로 성인이 되어서도 책을 읽고 이야기를 나누는 것을 좋아한다. 〈교보북살롱〉이라는 독서모임 플랫폼에서 〈커리어독서플랜〉이라는 온라인 독서모임을 한 달에 한번 호스트로 진행한 적이 있는데 이 모임을 통해 20대 30대 분들의 커리어에 대한 고민 내용을 간접적으로 접하게 되기도 했다. 주로 커리어에 관련된 책을 읽고 나누는 모임으로 책 내용 이외에도 자연스럽게 기존의 직장생활 경험과 현직 헤드헌터로 활동하면서 느끼는 각종 소회들을 나누게 되는데, 당연하겠지만 현재 20~30대의 고민이 당면한 당장의 취업에만 있는 것은 아니라는 것을 깨닫게 된다. 당면한 취업과 더불어 앞으로 어떻게 살아야 하는지에 대한 본인 인생과 커리어에 대한 거시적인 고민이 공존하는 것이다.

아마 이 중 많은 부분을 차지하는 것이 "좋아하는 일을 하고 싶다"라는 명제일 것이다. 좋아하는 일은 어떻게 찾을까? 나는 이 질문에 대하여 "일단 눈앞에 닥친 일을 하라, 그러면 알게 될 것"이라고 답하고 싶다. 내가 뭘 좋아하는지, 내가 어떤 일을 좋아하는지는 그걸 직접 해보지 않고서는 절대 알 수 없기 때문이다. 이것은 스티브 잡스가 얘기했던 "사람들은 자신이 원하는 것을 보여주기 전까지는 알지 못한다."라는 말과도 일맥상통한다. 사람들은 자신이 직접 겪기 전까지는 그저 상상만으로는 좋아하는 일을 절대 찾을 수 없다. 해봐야 안다. 그래야 내가 이 일을 좋아하는지 안 좋아하는지 알 수 있을 뿐이지, 상상만으로 좋아하고 싶었던 수많은 일들은 직접 그 일을 직업으로 삼는 순간부터 벗어나고 싶은 일상이 될 가능성이 높다. 그래서 세간에 "취미는 취미로만 남겨둬야지 절대 직업으로 삼지 말라"는 말이 회자되는 것이다.

그럼 좋아하는 일도 직업이 되는 순간 싫어지는 것이 당연한 것이고, 일은 그저 벗어나고 싶은 것일 뿐 절대 희망적인 것이 될 수 없는 것일까? 그렇지는 않다. 일에서 '보람'을 느끼게 되면 그 일이 가끔 생각했던 것과 다르게 버겁고 힘들더라도 우리는 그 일을 좋아할 수 있게 된다. 그리고 일에서 보람과 성취감을 느낄 수 있게 되려면 어느 정도 그 일에 대한 숙련도가 높아져야 한다. 즉 경험치가 좀 쌓여야 그 일을 좋아하는지 그렇지 않은지 알 수 있다는 것이다. 일단은 눈앞에 있는 주어진 일들을 해내야 한다. 그렇게 버티다 보면 그 일이 자신의 적성에 맞는지 그렇지 않은 지 알게 되는 것이다. 그리고 그 순간은 일에 대한 경험치를 늘려 가면서, 드디어 초보 딱지를 벗고 맡은 일을 잘 해내는 순간(또는 그렇지 않은 순간)부터 시작되는 경우가 많다. 우리는 우리가 잘하는 것을 좋아하게 되는 경우도 많기 때문이다. 그리고 일이라는 것은 생계와 연관이 되어 있는 것이기 때문에 좋아하기보다는 잘해야 하는 것이 우선이기도 하다. 밥벌이가 가능해야 하기 때문이다.

그러니 좋아하는 일을 찾기 위해서는 일단은 눈앞에 주어진 일을 시작해야 한다. 그렇게 해 나가면서 그 일이 정말 자신의 적성,

자질에 부합하는 일인지를 알 수 있게 된다. 일을 하지 않고 상상만으로 좋아하는 일을 찾을 수 있는 방법은 없다. 그럼 처음 시작하는 일은 어떻게 선택해야 할까? 이때도 나는 그저 내게 주어진 일이라고 말하고 싶다. 너무 수동적일까? 하지만 돈벌이는 내가 좋아하는 것에 나오는 것이 아니라, 나를 필요로 하는 것에서 나오는 것임을 생각해야 한다. 내게 채용 오퍼를 보내고, 나와 함께 일하고자 하는 곳, 바로 그곳이 나를 필요로 하는 곳이고 나를 필요로 하는 일이며, 우리는 여기에서 일을 시작해야 한다. 나를 필요로 하는 곳을 무시하고 계속해서 내가 좋아하는 곳만 찾다가는 정작 필요한 내가 좋아하는 일을 찾는 시간이 무한정 길어질 수 있음을 기억하자.

　나를 필요로 하는 곳, 나를 원하는 곳에서 열심히 일을 하다 보면 그 일을 내가 잘하게 될 때, 그때 아마 나 또한 그곳과 그 일을 좋아하게 될 확률은 아주 높다. 물론 나 역시도 그렇게 해서 나의 일을 찾았고, 나는 HR컨설턴트, 헤드헌터 김경옥이라는 내 이름을 좋아한다.

행복의 비밀은 자신이 좋아하는 일을 하는 것이 아니라,
자신이 해야하는 일을 좋아하게 되는 것이다.
- 제임스 M. 배리. 영국 스코틀랜드 소설가, 대표작: 피터팬

내 삶의 눈높이를
설정하라

늘 자신이 살아가야 하는 방향을 의식하고 사는 것은 아니지만, 한번 자신이 지향하는 바가 정해지면, 어떤 행동을 취하든지 그 선택의 기저에는 은연중에 자신의 삶의 가치관, 방향 등이 묻어나게 된다. 어떤 선택을 하는 것이 그 이후의 선택의 방향을 모두 결정짓는 것은 아니지만, 우리가 행했던 과거의 하나하나의 선택이 모여 현재를 만들었고, 또 지금 이후의 수많은 크고 작은 선택들이 우리의 미래를 만들어 감은 부정할 수 없다. 그리고 이 모든 선택은 결국 하나로 모이게 됨을 시간이 지나고 난 뒤에 알게 된다.

나는 학부를 졸업하고 삼성그룹 대졸공채에 응시하여 삼성 SDS에서 손익관리를 하는 업무에 배치되었다. 이후 석사 과정을 졸업하고, 박사학위과정을 수료하면서 인사 조직, 기업 문화 등을 진단하여 기업의 문제를 분석하고 대안을 제시하는 경영컨설팅 업무를 병행하였고, 이는 서치펌에서 헤드헌터로 일하면서 기업과 소통하는 데에도 큰 도움을 주었다. 헤드헌터로서의 경험으로 전문 면접관으로 활동하기도 하면서, 현재는 성공하고싶은 직장인들을 위해 〈실행까지 책임지는 커리어 전략가〉가 되었다. 삼성에서 근무하면서 느꼈던 것들에 대해서 글을 작성하기 시작하면서 직장인들을 위한 글을 써왔고, 이후 꼭, 반드시 내가 이 분야에서 일을 했으면 좋겠다고 늘 머릿속에 구체적인 그림을 그려왔던 것은 아니었지만, 신기하게도 나는 현재 서치펌에서 헤드헌팅을 진행하며 수많은 직장인들을 만나고, 그들에게 커리어에 대한 조언을 하고 있다. 헤드헌터 또는 면접관의 본분이란 기업의 채용의 난제를 해결하는 것이지만, 그 와중에 그 채용의 대상이 되는 직장인들을 다수 접하게 되고 그들의 생각을 읽게 되고 조언하게 되는 것이다.

사람이 생각하는 바는 언제고 가슴에 남아 그의 발걸음을 인도하는 것이라는 사실을 새삼스럽게 깨닫는다. 평소에 생각하는 수준과, 그 눈높이는 그러므로 아주 중요하다. 향후 그가 어떤 선택을 할 때 그것을 의식하고 행하든 그렇지 않든 상관없이 그가 은연중에 가슴속에 세워두었던 방향, 눈높이는 그의 향후의 커리어의 수준과 방향을 결정하게 되기 때문이다.

벌써 시간이 조금 지나기는 했지만 2019.12.20 발간된 한국은행의 보고서, "하향취업의 현황과 특징"에서는 하향취업의 현황이 어떠한지를 다루고 있다. 하향취업이란 예를 들어 대졸자가 고졸 대상의 채용 건에 지원하고 근무하는 것을 말한다. 이 보고서에서 주목할 점은 한번 하향취업, 즉 눈높이를 낮춘 취업을 한 사람들의 거의 대부분이 자신의 자리에 돌아오지 못한다는 사실이다. 1년 뒤에 본인의 학력 수준에 맞는 포지션으로 돌아가지 못하는 비율이 85.6%이고, 2년 뒤, 3년 뒤 전환율도 8.05%, 11.15%에 그친다. 이는 사회 전체적으로 필요한 일자리와 구직자의 수준과 비율이 미스 매치된 결과일 것이고, 사회적으로는 굳이 대학을 졸업하지 않아도 먹고사는데 지장이 없는 사회가 되든지, 아니면 대학졸업자 일자리의 확충이 그 대안으로 제시될 수 있을 것이다.

다만 그렇게 사회가 변화하는 과정에도 각 개인은 자신의 삶을 영위해야 하기에, 현시점에서 또는 바람직한 사회의 모습이 될 때까지 각 개인은 어떤 행동을 취하는 것이 개인의 이익에 부합하는 것일까에 대한 고민이 필요하다. 여기에 대한 나의 대답은 누구나 예상할 수 있는 것이겠지만, 가능한 한 눈높이를 낮추지 말라는 것이다. 그리고 현실과의 다소 타협이 있어 눈높이를 일시적으로 낮추더라도, 자신이 원하는 삶에 대한 눈높이는 여전히 견지하고 있어야 한다는 것이다.

물론 눈높이를 낮추고 싶어서 낮춘 사람은 없을 것이고 내가 처한 현실을 직시하는 것은 중요하다. 하지만 내가 처한 현실대로 앞으로도 살고 싶은지에 대한 고민은 더더욱 중요하다. 내가 살고 싶은 삶의 모습을 먼저 정해야 한다. 그리고 그에 맞추어 자신의 선택을 하나하나씩 만들어 가는 것이다. 〈내가 처한 현실〉을 기준으로 앞으로의 자신의 삶을 정하는 것이 아니라, 〈앞으로 내가 살고 싶은 삶의 모습〉을 기준으로 하여, 현재의 나의 선택들을 만들어 가는 것이다. 지금 처한 현실이 그리 핑크 빛이 아닐 수도 있다. 내가 살고 싶은 삶의 모습에 현저하게 미치지 못하는 현실일 수 있다. 그렇더라도 내가 살고 싶은 삶을 그리는 것을 멈추지 말아야 한다. 눈높이를 낮추지 않으면, 아니 눈높이를 잃지 않으면 언젠가는 그 방향으로 가고 있는 자신을 발견할 수 있을 것이다. 그 눈높이의 정도가 바로 내 꿈의 정도, 앞으로의 내 삶의 정도인 것이다.

CEO나 기업가가 되려고 하지 마라. 세상에는 너무나 많은 경영자와 리더가 있다. 영웅이 되어라. 당신이 살아갈 세상엔 더 많은 히어로가 필요하다.

- 휘트니 커밍스, 코미디언 배우 작가

비유기적 성장 전략

성공적인 이직을 위해
무조건 필요한 11 가지

스펙 좋은 그는
왜 취업이 안될까?

누가 봐도 화려한 이력을 자랑하는 A는 지금 몇 개월째 취업에 고전하고 있다. 대체 왜 그럴까?

A는 국내 유명 외국어고등학교를 졸업한 후 국내 명문대학에서 학사, 석사, 박사를 수료했다. 그리고 관련 업계에서는 꽤 괜찮은 이력을 쌓아왔다. 일반 기업, 협회, 정부기관 등에서 일했으며, 그동안 각종 관련 저널에 논문도 기재하고 대외활동도 다양하게 수행하였다. 그 결과 모교에서 겸임교수로 학생들을 가르치고 있기도 하다. 각종 인터뷰에 등장하여 전문성을 가지고 발언하는 모습이 기사화되기도 하였다.

그러나 지금 A는 다시 일반 기업 취업을 준비 중이다. 몇 개월째 취업에 도전하며 여러 기업에 원서를 넣고 있지만 정작 채용에 이르는 기업은 없고, 계속 노력 중인 상황.

나는 그에게 이야기했다.

"A님 이력은 언 듯 보면 화려해 보이는데, 사실 대체 어떤 업무가 주력인지를 잘 모르겠어요. 엄청 방대한 분량의 이력에 열심히 살았고, 대단한 사람인 것은 알겠는데, 사실 회사에서 엄청 대단한 사람 혹은 대단한 사람처럼 보이는 사람을 좋아하는 것은 아니에요. 기업은 기업에서 필요로 하는 업무를 전문적으로 해 본 사람, 일을 잘할 수 있는 전문성을 가진 사람을 원해요. 그러니까 딱 오픈된 포지션에 '맞는' 사람, 적합한 사람을 원하는 것이지, 대단한 사람을 원하는 것은 아니에요. 너무 모자라도 안되고, 너무 넘쳐도 안 돼요. 이력서에 전반적인 수정이 필요할 듯 보여요."

너무 모자란 것은 그렇다 치고, 너무 넘치는 것도 문제라는 것은 어떤 의미일까? 이것에 대한 답을 도출해 내려면 우리는 기업이 '조직'이라는 것에 중점을 가지고 생각해야 한다. 기업이 조직이란 것은, 기업은 여러 사람이 함께 일하는 곳으로 만약 누군가가 어떤 기업에 입사한다면 그는 아래에 부하 직원을 두게 될 것이고, 위에 상사를 두게 된다는 것을 뜻한다. 기업에서 인재를 새로 채용할 때는 바로 이 조직생활의 조화로움을 생각하지 않을 수 없다. 그리고 본능적으로 상사들은 자기보다 잘난 사람처럼 보이는 사람을 부하 직원으로 두는 것을 싫어하는 경향을 나타내기도 한다. 훌륭한 이력을 가진 부하 직원이 마냥 좋지만은 않은 것은 바로 그로 인해 언제 나의 위치가 위협당할지도 모른다는 생존 본 능일 것이다. 그러니 어느 일반 기업에 일반 직원으로 입사할 생 각이라면 본인이 그 포지션에 모자라지도 넘치지도 않은 딱 적당 한 사람처럼 보이게끔 이력서를 작성해야 한다.

본인이 경험했던 모든 것을 이력서에 넣고 싶겠지만 꼭 그럴 필 요는 없다. "나는 이것도 해 봤고 저것도 해봤으니 나는 잘난 사 람"이라고 말하고 싶겠지만 취업을 정말 하고 싶다면 그렇게까지 는 이야기하지 않아도 된다. "공백 기간 없이 계속해서 일을 하고 있었고, 그러니 업무에 대한 감을 잃지 않고 있으며, 또 이 포지션 에서 요구하는 이런저런 업무를 해 봤으니, 그리고 이런 성과를 냈었으니, 나는 이 포지션에서 저런 성과를 낼 수 있을 것이다."라 고 이야기할 수 있다면 족하다. 그 외에 다른 대외활동 내역은 불 필요한 사족일 뿐이다.

만약 A가 임원 포지션에 임한다면, 어느 회사에 대표로 지원한 다면, 또 그에 맞게 이력서를 작성해야 할 것이다. 다만 이때에도 일반 기업은 '조직'이라는 사실에 입각하여 이를 반영하여 이력서 를 작성하는 것은 잊지 말아야 할 것이다.

취업, 이직이 능력(실력) 순이 아닌 이유
내 이력서에 맥락을 집어넣는 방법

면접대상자가 되면 사실 그들 사이에는 우열을 가리기 힘든 경우가 많다. 더구나 그들 모두 아직 같이 일해본 것도 아니요, 고작 몇 장의 서류로 정리된 이력 외에는 이 사람이 어떤 사람인지 알길이 없다. 고만 고만, 다 다 비슷비슷한 사람들 속에서 나는 이번 취업 또는 이직에 성공하기 위해서 어떻게 나를 어필해야 할까?

우리는 만약 비슷비슷한 선택지들 속에서 어떤 것 하나를 선택해야 할 때 무엇에 의존해서 선택할까? 예를 들어 어떤 책, 어떤 물건을 선택한다고 하자. 우리는 그 책을 읽어보기 전에, 그 물건을 써보기 전에 수많은 비슷한 종류의 것들 중에서 한 가지를 선택해야 한다. 우선 그 물건이 책이라면 아마 그 책에 어떤 내용이 기술되어 있는지 책의 소개서, 광고 문구 등을 볼 것이다. 만약 그 물건이 샴푸나 치약이라면 그 샴푸나 치약에 어떤 성분이 들어있는지 어떤 기능을 하는지 기술되어 있는 상품설명서를 살펴볼 것이다. 그런 다음엔 어떻게 할까? 만약 내가 사고자 하는 책의 내용이 다 비슷한 수준의 내용을 다루고 있는 것처럼 느껴진다면 그중에 어떤 책을 선택할까? 그리고 내가 사려던 샴푸나 치약이 다 동일하게 친환경적이고 우수한 성분을 담고 있다면 그중에 어떤 것을 구입할까? 아마도 우리는 그 물건을 선택하기 위해 기존 사용자들의 후기를 살펴볼 것이다. 또는 아마 다 비슷비슷하다면 그냥 잘못된 선택에 따르는 위험을 줄이기 위해서 기존에 썼던 브랜드의 샴푸나 치약을 구입하거나, 아니면 기존에 읽고서 좋았던 저자의 책을 구입할 것이다. 그도 아니라면? 어쩌면 우리는 지인이나 친구가 써보고 좋다고 추천하는 샴푸나 치약, 책을 구입할 것이다. 그리고 솔직한 마음으로는 아마 그중에 가격이 조금 저렴한 것을 고르기도 할 것이다.

우리가 취업, 이직을 할 때에도 이와 마찬가지이다. 기업에서도 비슷하게 이력서(상품설명서)에서 우선 특징을 찾고 싶어 하고, 이력서만으로 우열을 가리기 어렵다면, 지인 추천 또는 헤드헌터의 추천을 받거나 (상품 리뷰, 친구 추천), 헤드헌터를 통한 사전, 사후 검증을 받을 수 있기를 선호할 것이다. 그리고 계속해서 거래해 왔던 헤드헌터(기존에 써왔던 브랜드)를 더 신뢰할 것이다. 더군다나 채용은 샴푸나 치약, 책 보다 훨씬 더 많은 비용을 치러야 하는 고관여 아이템이다. 한 사람의 채용에는 그의 연봉을 비롯해서 많은 비용이 소요되고, 만약 임원급등을 위시한 고급인력의 채용이라면 적합하지 못한 인재를 채용했을 때 드는 비용은 너무 막대해서 금액적으로 산출하기 조차 힘들 것이다. 어쩌면 이 경우 회사의 존립이 위태로워질 수도 있으므로 더더욱 신중해야 하는 것이다. 그래서 더더욱 위험을 줄이기 위한 선택을 하고 싶어 할 것이다.

실제로 A는 이직을 위해 참여한 B기업의 면접장에서 차례를 기다리면서 다른 면접자와 이야기를 나누다가 그가 그 기업의 OO의 지인이라는 것을 알게 되었다. 그리고 그 후 A는 OO의 지인이라는 그 사람이 그 기업에 입사하게 되었다는 내용을 흘러 듣게 되었다. 아마 지인 추천이라는 가산점이 크게 작용하지 않았을까 하고 혼자 추정하는 것 외에 다른 방도는 없었다. 몇 년이 지난후 A는 C라는 다른 기업에 지원하였고 최종 합격하였는데, 이번에는 해당 기업과 수년간 거래하며 다수를 입사시킨 헤드헌터를 통해서였다. 사전에 안면은 없는 헤드헌터였지만 몇 번의 통화와 만남으로도 그는 그 헤드헌터의 내공이 상당하다는 것을 알 수 있었다. 실제로 그 헤드헌터는 A와의 미팅내용을 정리하여 여러 가지 검증 내용과 함께 C기업의 인사담당자에게 전달하였고, 해당 인사담당자는 A가 지원한 채용 건의 면접에 면접관으로 참여하였다.

누구나 위험을 낮추는 선택을 하고 싶어 한다. 우리가 물건을 살 때 누군가의 후기를 참조하고 친구의 추천을 주요하게 고려하는 것처럼 채용에 있어서도 기업은 누군가의 후기를 참조하고 싶어 하고 추천을 받기를 선호한다. 어느 기업은 후보자가 여럿일 경우 담당 헤드헌터에게 각 후보자별 장단점은 어떤지, 헤드헌터가 보기에는 어떤 후보자가 가장 나은지를 묻기도 한다. 기본적으로 헤드헌터가 소통하는 인사담당자나 기업의 대표는 그 기업의 면접관으로 참여해서 의사결정을 하게 될 확률이 높다. 어떤 경우 채용을 원하는 기업의 각 부서 부서장과 임원들은 해당 포지션의 이해를 높이고 적합한 인재를 찾기 위해서 헤드헌터와 직접 소통하기도 한다. 이럴 경우 지원자는 헤드헌터를 통하여 이직 또는 구직에 성공할 수 있는 중요한 조언을 구할 수 있는 것이다.

그러니 가만히 이력서 내고 앉아있지 말고, 지금 당장 나가서 누구라도 만나야 한다. 지인을 넓히는 작업을 하고, 가벼운 인간관계를 늘려나가야 한다. 그리고 헤드헌터들에 눈에 띄도록 각 서치펌과 잡 포탈 사이트에 이력서를 올리고 만약 헤드헌터의 전화가 걸려온다면 친절해야 한다. 헤드헌터는 기업에 추천되기 전 거쳐야 할 첫 번째 관문이기 때문이다.

내 이력서에 맥락을 집어넣기 위해 이력서가 누구를 통해서 전달되는 가는 아주 중요하다. 객관적인 사실들 못지않게 주관적인 것들이 미치는 영향은 무시할 수 없는 것이다. 채용 또한 사람이 하는 것이기 때문이다.

이 세상에서 성공하는 사람들은 자리에서 일어나 자신이 원하는 환경을 찾아내고, 그런 환경을 찾아낼 수 없다면 스스로 만들어내는 이들이다.

- 조지 버나드 쇼, 아일랜드 극작가 겸 소설가, 노벨문학상 수상

기업도 관상이 있다?
좋은 회사를 알아보는 법

관상이라는 것에 대하여 맹신해서는 안 되지만, 여하튼 사람들이 그것에 그렇게 관심을 두는 이유는 관상이 어느 정도의 합리성은 가지고 있기 때문일 것이다. 관상, 사람의 외모가 생긴 형태를 보고 그 사람이 어떤 사람인지를 짐작하는 일이 가능한 것은 분명그 사람이 어떤 사람인가가 그 사람의 외형에 어느 정도는 드러나기 때문일 것이다. 그래서 '나이 마흔을 넘기면 자신의 얼굴에 대해 어느 정도 책임을 져야 하는 것' 이라는 문장이 세간에 통용되는 것이 아닐까?

나의 내면은 관상이든 말투이든 행동이든 여하튼 어느 부분이든지 간에 나의 외면에 드러나는 것이기에 우리는 내면을 잘 가꾸어야 하는 것이고, 또한 반대로 우리가 외면을 가꾸는 이유는 나의 내면이 얼마나 괜찮은지를 알게 하기 위함일 것이다. 사람들은 보이는 것에 약하고, 포장이 잘 되어 있는 물건에 관심을 보이기 마련이기 때문이다.

그리고 개인인 자연인이 자신만의 인격을 가지고 있는 것처럼 법인도 자신만의 인격을 갖는다는 사실을 생각해 본다면 우리는 기업에도 그 나름의 관상이 있을 것이라고 유추해 볼 수 있다. 기업도 나름의 생긴 대로의 인격을 갖는다. 기업을 첫 대면 했을 때 드러나는 것들을 통해 우리는 그 기업이 어떤 인격을 갖추었는지를 짐작한다. 마치 개인을 대할 때 가장 먼저 드러나는 얼굴, 관상을 보고 그 사람이 어떤 사람인지를 유추해 볼 수 있는 것처럼, 기업을 대할 때도 기업의 첫 대면에서 드러나는 것들을 가지고 그 기업이 어떤 기업인지를 추정할 수 있는 것이다.

개인의 내면이 드러나서 그의 외면이 만들어지는 것처럼, 기업도 마찬가지이다. 기업도 그 기업만의 독특한 조직문화가 그 기업이 외부의 고객을 대할 때 드러나게 된다. 외부인을 상대하는 말단 직원의 태도 하나 만으로 우리는 그 기업에서 직원들을 어떻게 교육하고, 내부에 어떤 조직문화를 가지고 있는지 짐작할 수 있다. 아무리 간판을 훌륭하게 바꿔 달아도 내부에서 썩은 냄새가 나는 것이 밖으로 흘러나오는 것을 막을 수는 없는 것이고, 아무런 교양을 갖추지 못한 사람이 돈만 번다고 한들 졸부의 범주에서 벗어날 수 없는 것과 같은 이치인 것이다.

만약 구직자가 기업의 관상을 정확하게 판단하고자 한다면, 헤드헌터는 아주 중요한 역할을 할 수 있다. 헤드헌터가 구직자에게 해당 기업의 포지션을 추천하기 전에 그 헤드헌터는 기업의 인사담당자와 대화하고 미팅하고 헤드헌팅 계약을 진행하면서 해당 기업의 태도를 관찰할 수 있기 때문이다. 어떤 기업은 굉장히 친절하고, 좋은 인재를 추천해 주어서 고맙다고 얘기할 줄 알며, 비즈니스 관계에서 계약이 우선 됨을 인지하고 이에 대하여 신중하고 합리적으로 진행하는 데에 망설임이 없다. 한창 성장하고 잘 나가는 중인 어느 중소기업의 대표는 좋은 인재를 추천해 주어서 고맙다면서 직접 진심으로 몸을 숙여 인사하기도 한다. 하지만 또 어떤 기업은 그렇지 않은 경우가 있는 데 정말 실력 있는 헤드헌터는 그 기업의 관상에서 드러나는 인격이 별로라고 판단하는 순간 그 기업과는 거래를 하지 않는다. (다만 이때 필요한 것은 강단 있는 헤드헌터여야 한다는 것이다. 그리고 환경이 받쳐주는 헤드헌터여야 한다. 마치 생계형 정치인이 뇌물에 약할 수밖에 없는 것처럼, 고객사가 달랑 하나인 헤드헌터이거나 소속되어 있는 서치펌의 시스템이나 능력이 별 볼일 없다면, 해당 기업의 인격이 별로라는 이유로 그 고객사를 내치기는 매우 어려울 것이다.)

구직자의 입장에서 기업의 조직문화 등을 정확하게 파악하기는 힘들다. 다만 이럴 때 실력 있는 헤드헌터가 옆에 있다면 많은 도움이 될 수 있다. 그는 그 기업의 무대 위에서의 모습뿐만 아니라, 무대 밑에서의 모습을 알고 있으며, 이미 이전에 입사한 후보자들을 통해 내부의 분위기 등도 실제적으로 파악할 수 있기 때문이다.

우리는 모두 세상이라는 무대 위에서 사회인이라는 탈을 쓰고 많은 사람들과 공적으로 관계를 맺고 살아가지만, 때론 어떨 때는 사적으로 대하며 자신의 내면을 보이기도 한다. 무대 위가 아닌 무대 아래에서의 태도를 통해 바로 그 사람의 인격을 짐작해 볼 수 있는 것이다. 그것이 그 사람의 진짜 모습인 것이다. 무대 밑에서는 누구나 진실이 된다. 어떤 목적을 위해서가 아니라, 진심으로 누구나를 존중하고, 존대하는 태도, 진심으로 위하는 마음. 내가 성공하기 위해서 상대를 위하는 것이 아니라, 진심으로 상대를 응원하고 위하는 모습. 그런 모습이 무대 밑에서는 모두 진실로 드러나게 되는 것이다. 대기업이든 중소기업이든 외국계 기업이든 할 것 없이, 각 기업들이 헤드헌터를 대하는 모습에서 그런 진실을 보이는 경우가 많다는 사실은 이직을 고려하는 직장인들에게 의미 있는 사실이 될 것이다.

참조 : 좋은 회사는 어떤 회사일까?

좋은 회사를 이야기하기 전에 좋은 친구는 과연 어떤 친구인지 생각해 보는 것도 도움이 될 것이다. 기업에 적용되는 사안들을 개인에게 적용했을 때 비슷한 결과를 내는 경우가 많은 것과 같이, 개인의 상황을 기업에 적용해도 일견 해법이 풀리는 듯한 사안이 많기 때문이다. 사람과의 관계에서 그저 지인의 단계를 넘어서서 친구의 단계에 들어서기 위해서는 그와 내가 서로의 힘듦을 보살피고 서로의 기쁨을 공유할 수 있어야 할 것이다. 그래야만 우리가 세상을 살면서 발생하는 외로움을 조금이나마 해소하고, 온 우주에 덩그러니 나 혼자라고 생각하지 않게 될 것이기 때문이다. 친구의 가치는 세상을 나 혼자 사는 것은 아니라는 사실을 지각하게 해 주는 데 있을 것이고, 내가 그러한 사실을 여실히 느낄 수 있는 기회는 평상시보다는 어떤 극적인 상황에 처했을 때 일 것이다. 혼자 사는 사람이 가장 외롭고 서러울 때는 아플 때인 것처럼, 우리는 우리에게 어떤 특별한 상황이 닥칠 때 누군가를 더욱 필요로 한다. 그리고 그럴 때 옆에 있어 주는 사람 또는 내가 그 상황에서 벗어날 수 있도록 도와주는 사람, 아니면 불가피한 상황에 의해 옆에 있어주거나 도와주지 못하는 것을 미안해 하는 사람을 우리는 친구라고 부른다.

그런데 불행하게도 인간관계에서 지인이 아닌 친구로 판명되는 타인은 많지 않다. 타인에게 안 좋은 일이 생겼을 때 진심으로 보살펴 주는 사람도 적거니와, 심지어는 좋은 일이 생겼을 때 진심으로 축하해 주는 사람도 찾기 힘들기 때문이다. 많은 사람들은 누군가 안 좋은 일이 생겼을 때, 그를 위로해 주면서 이렇게 생각한다. "아, 저거 봐. 나는 저런 상황이 아니니 얼마나 다행이야." 라고. 이런 마음이 드는 것이야 인간은 본디 자기 자신의 안위를 가장 먼저 챙기는 것이 본성이니 당연한 수순이라 하더라도, 그럼 그렇게 타인의 불행을 보면서 자신의 불행이 아님을 다행스럽게 생각하던 그 사람들이, 그 불행했던 타인이 그런 피눈물 겪던 상황을 극복하고 다시 재기에 성공하는 것을 보면 어떤 생각이 들까? "아, 저 이는 정말 대단하구나. 그런 상황에서 저렇게 다시 일어서다니, 정말 위대해."라고 생각할까? 아마 그는 바로 얼마 전, 아니면 몇 년 전에 그가 그렇게 무너졌을 때를 생각할 것이다. 그때는 분명 나보다 상황이 안 좋았었는데, 지금은 누가 보아도 나보다 좋은 상황이라면, 그는 이때 진심으로 그 사람을 축복할 수 있을까? 아마 속으로 그는 질투할 것이다. 불행을 딛고 재기에 성공한 그 사람이 자기가 아니라, 자신의 친구라는 사실에 그는 질투할 것이다. 다만 만약 이러한 수순을 밟지 않고, 그저 아픔을 함께해 주고, 기쁨을 제 일처럼 좋아해 주는 사람이 있다면 그가 바로 좋은 친구일 것이다.

기업의 경우에도 마찬가지이다. 평소에 복리 후생을 잘해주고, 휴가를 잘 쓰게 해 주는 것들도 다 좋다. 하지만 정작 직장인인 내게 회사의 울타리가 필요한 순간은 평상시와는 다른 어떤 이벤트가 생겼을 때이다. 회사의 일도 업무도 모두 사람이 하는 일이기에 하다 보면 여러 가지 사건들이 생기게 마련이다. 안 좋은 일도 생기고, 좋은 일도 생길 것이다. 이때 회사가 내게 어떻게 대하느냐는 그 회사를 장기간 다녀도 되는지 그렇지 않은 지에 대한 기준을 제시해 줄 수 있다. 업무적으로 생기는 문제라는 것에는 사람이 얽히지 않을 수가 없고, 거기에는 타 부서도 있을 수 있고, 고객도 있을 수 있다. 어떤 이벤트가 생긴 타인을 대할 때, 자신의 안위를 먼저 생각하게 되는 것이 개인의 본성인 것처럼, 기업 입장에서도 이미 발생한 어떤 이벤트를 대할 때, 기업의 이익을 우선 생각하게 되는 것이 기업의 본성일 것이다. 만약 직원이 아무런 잘못을 하지 않았음에도 불구하고, 그 상대방이 고객이라는 이유로 불합리한 상황에 놓인 직원을 구제하지 않는 다면 그 기업은 절대 좋은 회사가 아니다. 기업에게 약간의 손해가 발생하더라도 어려운 상황에 놓인 직원을 보호하는 데에 최선을 다하는 기업이 좋은 기업, 좋은 회사인 것이다.

그리고 기업이 감수한 손해는 장기간으로 보았을 때는 오히려 기업에게 이득으로 돌아갈 것이다. 개인이 타인을 자신의 이익과는 상관없이 진심으로 대할 때 진정한 친구를 얻을 수 있게 되는 것처럼, 기업도 (혹여 자신의 이익에 반하더라도) 직원을 보호하는 행동을 통해 우수한 로열티를 갖춘 직원을 얻게 될 것이기 때문이다.

망하지 않을 회사
알아보는 방법

"면접은 좋았어요. 다 좋은 분들인 것 같고, 다 좋은데, 정말 이 회사가 안정성이 있을까요? 비전이 있는 회사일지, 저도 이제 나이가 있다 보니 그런 것들이 신경이 쓰이네요."

많은 이직 사유 중에 상당한 정도를 차지하는 것 중에 하나는 경영악화이다. 실제로 어느 정도의 경영악화였어서 이직을 고려했는지는 확인해봐야 할 사항이지만, 잘 다니던 직장이 없어질 상황에 놓여서 이직을 해야 하는 경우는 자못 당황스럽지 않을 수 없다. 어떤 사유이든 잦은 이직은 이후에 새롭게 입사할 기업의 면접관에게 좋은 인상을 주지 못할 수 있고, 또 아직 준비가 덜 된 상태에서 타의에 의해 이직 시장에 나와야 하는 경우에는 좋은 결과를 얻지 못할 가능성도 높기 때문이다. 그래서 회사의 안정성은 중요하다. 내가 그 회사에서 평생 일하기 위해서 중요하다기보다는 평생직장이 없다는 것을 알고 있다고 하더라도, 내가 준비가 되었을 때 내 의지와 판단에 의하여 이직하기 위해서라도 중요하다.

그렇다면 회사의 미래가 장밋빛 일지 구직자의 입장에서 어떻게 판단할 수 있을까? 수많은 잘 나갔던 대형 기업들도 한순간에 역사 속으로 사라지는 한 치 앞도 볼 수 없는 기업환경에서 어느 기업이 향후에도 지금과 같은 혹은 지금보다 나은 모습을 할지에 대하여는 누구도 장담할 수 없을 것이다. 우리의 모든 선택은 불확실성이 있을 수밖에 없고, 그러므로 우리는 어떤 선택을 할 때, 주어진 결과 중에서 주어진 미래의 모습 중에서 하나를 골라서 선택한다기보다는, 나의 지금의 선택을 통해 미래의 결과를 스스로 만들어나간다는 자세가 있어야 한다. 미래는 누구도 확신할 수 없고, 또한 미래는 지금과 향후에 내가 어떤 계속하여 어떤 선택을 하고 만들어 가는가에 따라 충분히 바뀔 수 있는 부분이기 때문이다.

다만 그럼에도 불구하고, 나의 의지와 상관없이 변해갈 상황에 대하여 어느 정도라도 판단을 하고 싶다면 나는 회사의 재무제표와 대표이사를 살펴보라고 권한다. 우리가 면접을 보는 것도 마찬가지이다. 회사에서 지원자를 면접 보는 것은 이력서를 통해 지원자의 과거를 파악하고, 이러한 과거를 근거로 해서 지원자가 향후에 회사에 입사해서 어느 정도의 성과를 낼 수 있을지 판단한다. 그리고 이러한 판단의 과정에서 지원자의 이력서가 그의 과거를 나타내는 것이라면 면접을 통해 그의 인격과 인성을 살펴보는 행위는 바로 그의 미래를 점쳐보고자 하는 것이다.

지원자의 입장에서 회사를 판단할 때도 마찬가지이다. 지원자의 입장에서 그 회사의 과거를 나타내는 지표는 회사의 재무제표이다. 회사의 매출이 안정적으로 발생하고 있는지, 설립 이래로 어느 정도 성장하고 있는지, 자산 보유도는 어느 정도인지, 기존의 직원들에 대한 평판은 우수한지 등일 것이다. 그리고 만약 그 회사가 우수한 재무제표와 평판을 보유하고 있다면 해당기업의 아름다운 과거를 통해 얼마큼의 환한 미래를 만들어 낼 수 있을지를 판단해야 한다. 그리고 나는 지원자에게 회사의 과거를 통해 그 회사의 미래를 보고 싶거든 회사의 대표이사를 보라고 권한다. 지원자의 인성과 인격이 그의 미래를 말해줄 수 있는 것처럼, 회사의 미래 또한 그 회사의 수장인 대표이사의 인성과 인격에 상당한 영향을 받을 수밖에 없다고 생각하기 때문이다.

이는 대기업이든 중소기업이든 다르지 않다. 회사의 인격이, 대표이사의 인격이 별 볼 일 없다면 그 기업이 아무리 훌륭한 과거, 우수한 재무제표를 보유하고 있다고 해도, 그 미래도 역시 장밋빛일지 장담할 수 없다. 성공가도를 달리던 수 많은 사람들이 태도와 인격의 문제로 정상에서 추락한다. 하물며 한창 성장하는 기업의 경우에 대표이사의 마인드와 인격이 얼마나 중요할 지에 대하여는 더 말할 나위가 없을 것이다.

회사에서 퇴사 처리를 안 해주면
어떻게 되는 거죠?

"회사에 퇴사 노티스는 했죠. 새로운 회사에 입사하는 것은 좋은 데, 그곳에서 새로 시작하고 싶은 마음에는 변함이 없는데요. 지금 있는 회사에서 너무 잡으니까. 그게 좀 걱정이네요. 사표 수리를 안 해 주네요.."

근로계약의 성립도 중요하지만, 해지의 경우도 중요하다. 화장도 하는 것보다 지우는 것이 중요하다는 배우 고현정이 이야기했던 광고 문구처럼, 또 어떻게 연애를 끝내느냐가 그 사람에 대한 잔상을 좌우하기도 하는 것처럼 그 무언가의 시작도 중요하지만 어쩌면 큰 문제없이 헤어지는 것이 보다 더 중요할 수도 있을 것이다.

근로계약도 민법상 계약의 일종으로 당사자간의 합의로 성립한다. 당사자간의 합의는 꼭 서면이 아니라 구두상의 합의여도 가능하고, 이것을 낙성계약이라고 한다. 그리고 계약은 당사자 일방의 의사표시로 인해 깨어질 수 있는데, 이를 계약의 해지라고 한다. 일방적 의사표시란 한 상대방이 해지를 하고 싶어 하면 해지할 수 있다는 것이다. 당사자 '일방'이 계약을 해지한 때에는 그 계약은 장래에 대하여 그 효력을 잃는다(민법 제 550조). 이와 비슷한 것으로 해제가 있는데 일반적으로 해지는 장래에 대하여 적용되는 것이고, 해제는 계약상에 중대한 하자가 있어 과거에 대하여도 소급효가 발생하는 것을 이야기한다.

근로계약에 있어서도 이와 같아서 민법 제660조에 의해 기한의 정함이 없는 근로자(정규직)의 경우 회사와 근로자는 일방적으로 계약해지를 통보할 수 있다. (고용기간의 약정이 없는 때에는 각 당사자는 언제든지 계약해지의 통고를 할 수 있으며 상대방이 그 통고를 받은 날로부터 1월이 경과하면 해지의 효력이 생긴다(660조 1항·2항)) 다만 근로자 5인 이상 사업장의 사업주는 근로기준법의 적용을 받아 근로기준법 제 26조 "해고의 예고"에 따라 해고 통보 1달 전에 근로자에게 그 사실을 통보하여야 한다. 만약 부득이하게 30일 이전에 해고한 경우 근로자에게 30일분의 통상임금을 지급하여야 한다. (물론 근로자 해고의 경우 정당한 사유 없이는 이루어질 수 없으며, 만약 천재, 사변 그 밖의 부득이한 사정으로 사업의 지속이 불가능한 상황 또는 근로자가 고의로 사업에 막대한 지장을 끼친 경우 상기에서 언급한 '해고의 예고' 조항에 예외를 둘 수 있다. 이에 대한 입증 책임은 사업주에게 있다.)

하지만 근로자는 그렇지 않다. 근로자의 경우에는 퇴사 하루 전에 회사에 퇴사 통보를 하여도 법적으로 문제가 없다. 근로기준법 제7조 강제근로의 금지 조항에 따라 근로 의사가 없는 근로자를 더 이상 근무하도록 강제할 수 없기 때문이다.

만약 회사가 퇴사를 승낙하지 않고 계속 미룰 경우, 회사 측에서 근로자에게 손해배상을 청구할 수가 있기는 하지만, 이러한 경우에도 중대한 발표를 앞두고 있는 등 근로자가 퇴사함으로써 회사에 끼치는 손해가 크고 명백함을 나타내는, 즉 중과실이 있음을 회사 측에서 구체적으로 증명해야 하기 때문에 결코 쉽지 않다. 보통의 근로자는 회사에 중대한 영향을 끼칠만한 자리에 있지 않는 경우가 대부분이기 때문에 현실적인 면에서 한 달을 이야기하는 것뿐 정해진 퇴사 통보 기한은 없는 것과 같은 것이다. 한 달 전에 퇴사 통보라는 설은 회사에 대한 배려일 뿐 이것이 의무는 아닌 것이다.

다만 일반법보다 특별법이 우선하고, 당사자간 합의의 내용이 우선하기 때문에 회사와의 합의 내용에 퇴사 통보에 관한 규정이 있는 경우, 무단결근으로 인한 최종임금 감소로 다소의 불이익이 생길 수는 있다. 퇴직금의 경우 '최종 3개월 평균 임금 * 근속연수'로 산정되기 때문에 최종임금이 감소한다면 퇴직금 산정 시 다소의 금액 감소가 발생할 수는 있다. 하지만 이 경우에도 근로자가 퇴사통보를 한 지 1달이 지나면 계약 해지의 효력이 발생하기 때문에 회사가 후임자가 없다는 등의 사유로 퇴사 수리를 계속하여 미룰 경우에도 퇴사 통보하고 무한정 무단결근으로 처리할 수는 없고, 1달 내의 기간에서만 가능하다. 퇴직금은 일주일 15시간, 1년 넘게 일한 근로자라면 모두 받을 수 있다. 또한 퇴사하기 전 연차도 의무적으로 소진할 필요는 없다. 연차는 회사가 주는 것이 아니라 근로자가 청구하는 것이 원칙이며, 만약 연차를 다 쓰지 않고 퇴사하였다면 해당 일자만큼 돈으로 돌려받을 수 있다.

사적인 관계에서도 이미 마음이 떠난 상대를 붙잡아 두는 경우에 그 관계가 더 발전적으로 변모하는 경우는 찾아보기 힘들다. 이는 비즈니스에서도 마찬가지로 적용된다. 이미 서로의 관계가 끝난 것을 알았다면 기쁘게는 아니더라도 서로의 미래와 행복을 빌어주면서 아름다운 뒷모습을 남기는 것이 인간 사회를 살아가는 사회인의 예의일 것이다.

너무 동종이라 꺼려지신다고요?

동종업계가 아니면 어디로 이직할까요?

"거기는 너무 동종이라서, 좀 그래요." "지금 하는 것이랑 너무 똑같은 업무라서, 이직해도 괜찮을까요?"라는 질문들은 헤드헌팅을 진행하면서 지원자들을 통해 종종 듣게 되는 질문들이다. 그리고 동시에 채용을 의뢰하는 회사들에서는 이런 문장들도 많이 듣게 된다. "00 업무를 해 보신 분들로 추천 주세요." "00 업종 경력이 있으신 분들은 무조건 면접 봅니다."

위 문장들을 살펴보면 지원자들이 걱정하는 부분과 채용을 원하는 부분이 정확히 일치하는 것을 직감적으로 알 수 있다. 지원자들은 너무 같은 업무를 하게 되는 것에 대해서 우려를 표하고, 반대로 회사에서는 그렇게 같은 업무를 해봤던 사람을 뽑고 싶어 한다. "00은 안 해봤지만 조금만 배우면 할 수 있어요."라는 사람은 뽑지 않는다. 우리 회사에 와서 바로 성과를 낼 수 있기를 선호하기 때문에 꼭 그 일을 해본 사람을 선호하는 것이다. 그러므로 결론적으로 직장인들이 자신이 해봤던 일 외에 다른 일로 이직하는 것은 극히 어렵다.

이 일이 싫지만, 결국은 그 일을 하든가, 조금 변형된 비슷한 일을 하게 되는 것으로 귀결되는 경우가 많은 것이다. 이때 동종업계를 배제하면 사실 이직할 수 있는 가능성은 현저히 줄어든다고 할 수 있다. 지금 있는 직장에서 평생직장을 꿈꾸면서 정년을 바라보며 근무하든지 아니면 창업을 하든지 해야 하는 것이다.

하지만 종종 뉴스에서는 기술유출, 영업비밀 분쟁 등으로 각종 기사들이 나돈다. 이래저래 동종업계 이직은 뜨거운 감자가 아닐 수 없다. 최근에도 어떤 기술직 임원 분께서 중국기업으로 이직을 하시고자 하나 기술유출 등으로 문제제기가 되고 소송이 우려되는 상황에 대하여 조언을 요청하신 바 있다. 회사에 근무하면서 얻게 되는 각종 지식들이 회사에 속한 것인지 아니면 직장인의 인격적인 자산인지에 대해서는 각종 논란이 많고, 특히나 해당기업 고위직 기술 임원의 해외 취업은 국가에서 집중 관리하는 부문 중의 하나이다.

원칙적으로 (동종업계) 이직을 금지한다는 것은 헌법상 보장된 개인의 직업 선택의 자유를 침해하는 것이기 때문에 그 적용에 상당히 신중을 기해야 한다. 근로자의 직업선택의 자유를 과도하게 제한하는 경우, 재직회사에서 체결된 동종업계취업 금지 약정을 무효로 보고 있는데, 이때 구체적인 판단기준은 첫째 보호할 가치가 있는 영업상의 비밀유무, 둘째, 근로자의 퇴직 전 지위, 셋째 동종업 제한의 기간과 지역, 넷째 대가의 제공여부, 다섯째 퇴직하게 된 경위 등이다. 따라서 동종업계이직금지의 적용의 대상이 되는 경우란, 해당 근로자의 기술 및 정보가 업계에 알려지지 않은 희귀하거나, 취득하기에 상당히 많은 시간과 비용이 드는 것이어야 하고, 해당 근로자의 퇴직 전 지위가 회사의 영업 비밀 등에 접근할 수 있는, 영향력을 행사할 수 있을 정도의 지위여야 한다. 그리고 이직이 금지되는 기간 동안의 생활비, 보수 등이 제공되는 경우여야 할 것이다.

　동종업계 이직과 관련된 기술유출, 영업비밀 분쟁에 대항 법원의 입장은 다음 판결내용을 참조할 수 있다. "사용자와 근로자 사이에 경업금지약정이 존재한다고 하더라도, 그와 같은 약정이 헌법상 보장된 근로자의 직업선택의 자유와 근로권 등을 과도하게 제한하거나 자유로운 경쟁을 지나치게 제한하는 경우에는 민법 제103조에 정한 선량한 풍속 기타 사회질서에 반하는 법률행위로써 무효라고 보아야 하며, 이와 같은 경업금지 약정의 유효성에 관한 판단은 보호할 가치 있는 사용자의 이익, 근로자의 퇴직 전 지위, 경업 제한의 기간, 지역 및 대상 직종, 근로자에 대한 대가의 제공 유무, 근로자의 퇴직 경위, 공공의 이익 및 기타 사정 등을 종합적으로 고려하여야 한다"(대법원 2010. 3. 11. 선고 2009다82244 판결).

만약 합당한 대가나 사유 없이 회사가 개인의 이직을 방해하는 경우 이는 개인의 자유를 상당 부분 침해하는 것으로 회사를 상대로 역 소송을 진행하는 것도 가능하다.

자신의 권리는 자신이 찾아내고 만들어 가는 것이다. 누구도 내 인생을 대신 살아주지는 않는다. 커리어도 마찬가지이다. 회사에서 커리어를 지켜주고 만들어주기를 기대하지 말고, 스스로가 내 커리어를 관리하고 만들어가야 한다. 이직하고 새로 시작하는 불확실성에 위험이 있는 것이 아니라, 아무런 준비 없이 가만히 있는 것이 가장 위험한 경우는 너무도 많다. 내가 아닌 그 누구도 (아무리 사랑하는 우리 회사라도) 나만큼 나에 대해서(내 커리어에 대해서) 관심이 있지 않다. 아니 내게 관심 있는 사람은 나 이외에는 없다.

젊었을 때는 문을 닫지 말아야 한다. 세상이 당신에게 안겨 주는 기회를 열린 마음으로 최대한 받아들여야 한다. 지금 껏 들인 노력과 시간이 아깝다는 이유로 회사를 옮기거나 직업을 바꾸는 걸 두려워하지 마라. 최고의 인생전략은 언 제든지 수정 가능한 전략이다.

- 애니 듀크, 세계 최고의 포커 선수

동종업계도 아닌데
이직이 가능할까요?

앞에서 이야기한 바와 같이 이직을 생각하는 직장인의 희망과 채용을 원하는 기업의 필요가 서로 합치하는 지점에서 이직 성공이라는 결과가 만들어진다. 그런데 이 양 당사자 니즈가 동일해지는 지점을 이끌어 내는 것이 생각보다 어렵다. 그래서 이직이 어렵다. 한 직장을 그만두고 나면 다음 직장에 바로 취업할 것 같지만 그렇지 않은 경우가 많다. 직장에서 부당하게 퇴사를 권유받을 때 온갖 수모에도 버티는 사람들이 있는 것은 현실적으로 이직이 쉽지 않기 때문일 것이다.

이직을 원하는 지원자가 희망하는 것은 각각의 사정에 따라서 여러 가지가 있을 것이나 가장 근본적인 것은 어찌 되었던 변화하고자 하는 욕구일 것이다. 무엇을 변화시키고 싶을까? 각종 조사 결과에 따르면 직장인들이 이직하고 싶어 하는 이유에는 앞으로 성장의 비전이 보이지 않기 때문이 가장 많다고 한다. 이곳에 계속 있다가는 내가 정체되지 않을까 하는 두려움, 조금 더 지나면 아무도 나를 원하지 않는 것 아닐까 하는 걱정들이 직장인들로 하여금 이직을 고려하게 한다.

그리고 많은 사람들은 이직을 생각하면서 그동안 같은 회사에서 같은 일을 해오면서 느껴왔던 매너리즘에서 탈피해서 변화와 새로움을 추구할 것이다. 고기도 먹어본 놈이 잘 먹고, 뭐든 해왔던 사람이 잘하는 법이고, 결국은 다들 그 밥에 그 나물로 과거에 했던 일을 그대로 해 가면서 그저 조금의 변화에 만족하면서 살아가게 되는 것이겠지만, 또 상당수의 사람들은 이직을 통해 그보다는 더 큰 새로움을 얻고자 하고, 자신을 발전시키고자 하기도 한다.

이제껏 해왔던 일보다는 더 상급의 일을 하고 싶고, 지금 성장이 정체된 것으로 여겨지는 이 직종, 업종으로부터 벗어나서 시대의 흐름에 따라 발전을 거듭하고 있는 다른 업종으로 옮겨 타고 싶기도 한다.

그런데 기업은 어떨까? 경력직을 원하는 기업의 속내는 신입을 채용해서 가르쳐서 일을 하나하나 해 나가게 하는 것보다는, 우리 회사에 입사해서 바로 일을 할 수 있는 사람이 필요해서 경력직을 찾는 것이 대부분이다. 그래서 내가 2020년 10월에 출간했던 〈커리어독립플랜〉에서 경력직 이직에서 가장 중요한 것은 다른 무엇도 아닌 '전문성'이라고 그렇게 강조했던 것이다. 기업에서 경력직 채용 시 가장 필요로 하는 것이 바로 이 '전문성' 이기 때문이다. 이 전문성이라는 것은 직종 전문성이기도 하려니와 업종 전문성이기도 하다. 이 두 가지를 같이 요구하는 포지션이 상당히 많다. 그래서 직장인은 자신의 커리어를 관리할 때 전문성이라는 키워드를 반드시 가지고 가야 한다고 이야기한 것이다.

그런데 기업에서 원하는 이러한 업종, 직종 전문성은, 앞서 얘기한 이직을 원하는 직장인이 대체로 희망하는 것들과는 상반되는 위치에 존재하게 된다. 만약 직장인이 자신의 일에 조금이나마 변화를 주고 다른 업종, 다른 직종에서 커리어를 개발해 가고 싶어 하는 마음에 이직을 희망하는 것이라면, 이때 기업에서는 다른 업종, 다른 직종에서 근무한 사람보다는 같은 업종, 같은 직종에서 근무했던 사람을 채용하기를 원하는 것이다. 이직을 원하는 지원자가 희망하는 것과 채용을 원하는 기업이 희망하는 것은 이렇게 미스매치 된다. 이직은 힘들다.

그런데 간혹 기업에서 여러 이유에 의해 다른 직종 또는 다른 업종에서 근무한 사람을 채용하는 경우가 발생한다. 물론 이 경우에도 사실 완전히 대치되는 이종 업종이나 직종에서 채용을 하는 일은 사실 거의 없다. 다만 완전히 같은 업무는 아니더라도 비슷한 업무를 희망하고, 비슷한 직종을 희망하기는 하지만, 그래도 기업도 경력직을 채용하며 무언가 새로운 피를 수혈하여 새로운 생명을 사는 것처럼 조직 내 다양한 시선으로 긍정적인 변화를 일으킬 수 있는 사람을 채용하기를 원하는 경우가 있는 것이다.

만약 기업에서 이런 상황이라면, 이때가 바로 새로움을 원하는 지원자가 자신의 희망에 맞추어 이직할 수 있는 기회가 생기는 것이다. 그래서 변화와 발전을 꿈꾸는 직장인이라면 미리미리 자신이 희망하는 커리어를 향해 조금씩 조금씩 움직임을 가져야 한다. 그러는 과정 중에 최종적으로 자신이 희망하는 목표에 다다르게 된다. 한 번의 변화에 모든 것을 자신이 희망하는 대로 만들어낼 수는 없지만, 조금씩 커리어를 이동해 가는 동안, 처음에 시작했던 길이 이제는 아니라는 생각이 들었을 때, 방향을 바꿀 수 있는 기회를 생성해 낼 수 있다.

사례 : 금융 경험이 없던 그는
어떻게 금융업계의 임원이 되었을까?

    실제로 채용, 이직 시장에서 동종업계도 아닌 데 이직하는 경우, 같은 직무도 아닌데 이직하는 경우는 종종 발생한다. 국내 4대 시중 은행, 금융그룹 임원으로 이직한 A는 사실 이곳으로 오기 전까지 금융업 경험이 일천했다. A는 국내 대기업에서 경력을 시작했고, 외국계 기업에서 오랜 기간 동안 일을 했지만 이후 개인 사업을 시작하고 큰 소득 없이 접기도 했다. 그렇게 다시 중소기업에서 일을 시작했고, 맡았던 프로젝트를 잘 해낸 순간 협력사였던 외국계 컨설팅사로부터 입사제의가 왔다. A가 외국계 컨설팅사에서 PM으로 일하던 때, 그는 헤드헌터로부터 전화를 받았다. "저는 금융권 경험이 없어요. 안될 거예요." 헤드헌터는 해 보자고 했다. 그는 이력서를 보냈고, 보기 좋게 서류에서 탈락했다.

    "그럴 줄 알았지"

    그리고 시간이 조금 흐른 후 그는 다시 헤드헌터로부터 "사측에서 면접을 보자고 한다." 라는 연락을 받았고 몇 번의 면접을 거쳐 국내 4대 금융그룹의 임원으로 자리를 옮겼다. 높은 연봉과 더불어 개인 사무실, 개인 비서, 개인 차량과 개인 기사. 그는 현재의 상황에 만족하고 있다. 본인보다 나이가 많은 부장들을 대하는 법도 익히는 중이다.

사실 이런 경우 면접 때 동종업계 경험이 없는 사실에 대한 질문을 당연히 많이 받게 된다. 1차, 2차를 비롯한 모든 면접에서 그때그때마다 받는다. "금융 경험이 없는데?" 그래서 그는 이렇게 답했다. "나는 학습 능력이 있다. 그게 컨설턴트의 능력이다. 다른 시각을 가질 수 있을 뿐만 아니라, 맡았던 프로젝트마다 해당 업종에 대하여 준 전문가가 되는 것을 목표로 했다. 그리고 나는 국세청 프로젝트를 성공적으로 수행했었고, 이는 내가 이 회사에서 업무를 수행 하는 데에 큰 도움을 줄 것이다."

A는 늘 책을 읽는다. 그의 사무실에는 요즘도 책이 탑처럼 쌓여있고, 한 달에 책값으로 수십만 원을 지불한다. 이것이 그로 하여금 비록 이종의 업종이지만 도전을 가능하게 했고, 변화를 희망하게 했으며, 지금의 자리에 있게 된 이유이지 않을까?

헤드헌터로 일을 하다 보면 너무 동종업계라서 꺼리는 분들도 만나게 되고, 해당 업종 경험이 없어서 지원이 힘들겠다는 분도 만난다. 나는 그분들에게 이렇게 이야기한다.

"여하튼 본인에게 온 기회는 놓치지 말기를 바랍니다. 이 전화를 그냥 끊는 순간 당신에게 주어질 수도 있었던 큰 기회가 사라질 수도 있어요."

어떤 기회가 왔을 때는 '최고의 것'을 선택하라는 것이다. 우리는 모든 걸 할 수 있다. 아직 과분하다거나, 행운 뒤에는 반드시 불운이 따르게 때문에 조심해야 한다고 생각하지 말라는 것이다.

- 마크 베니오프, 세일즈 포스 회장 겸 CEO

직종을
바꾸고 싶다고요?

헤드헌터로서 이직을 원하는 사람들에게 "전문성만큼은 놓쳐서는 안 됩니다."라고 이야기하곤 한다. 경력직 직원을 채용하면서 회사에서 가장 원하는 것은 해당 직무에 얼마나 적합한 사람인가, 해당 직무에 얼마큼의 전문성을 가지고 있느냐가 거의 모든 것이기 때문이다. 그러나 가끔씩은 이러한 조언이 효용성을 가지기 힘든 직장인들을 만나곤 한다.

A가 그런 케이스이다. A는 지금 섬유 의류업의 생산 관리 업무를 담당하고 있다. 그러나 A는 현재 이 회사에서 이직을 원하고 있는 데 있는 데 지금 직장에서 위치한 포지션의 전격적인 이동을 원하는 것이다. 생산관리 업무보다는 마케팅을 하고 싶은 것이다. 온라인 마케팅이 비전이 있어 보여서 그 분야에 관심이 있다. 그

리고 의류업은 전체적으로 연봉이 낮아 이 업종에서 탈출하고 싶은 마음이 크다. 업종과 직종을 모두 바꾸고 싶은 것이다. A는 어떻게 하는 것이 좋을까?

A의 케이스에서는 앞에서 제시한 커리어관리 기법 중의 하나인 '커리어 피봇팅'의 개념을 적용하여 문제를 해결해 나가는 것이 유용할 수 있다. 커리어 피봇팅은 단순한 이직을 얘기하는 개념과는 다르다. 이는 직업을 바꾸는 것을 의미한다고 보는 것이 더 적절하다. 그렇다면 우선 피벗이란 무엇일까? PIVOT 피벗이란 회전하는 물체의 균형을 잡아주는 중심점이라는 뜻으로 피봇팅은 축을 중심으로 방향을 회전시킨 다는 의미를 가진다. 우리의 커리어는 유동적으로 변화할 수 있는 것이므로 이러한 커리어의 변화에 중심이 되는 축을 일관적으로 가지고 커리어를 회전시키고 변화하는 것, 이것을 커리어 피봇팅이라고 하는 것이다. 그렇다면 커리어 피봇팅의 개념에서 커리어의 변화 시 어떤 부분을 유지하고 어떤 부분을 변화시킬까? 통상 커리어 피봇을 말할 때 우리가 얘기하는 핵심은 직장이 아닌 직업을 바꾸는 것이다. 자신이 가지고 있는 경력의 중요한 한 축은 살리면서 직업은 바꾸는 것을 말하는 것이다. 즉 업무, 직종을 바꾸는 것이다. 의사가 의학전문기자가 되는 것이나, 또는 A처럼 패션업, 의류 생산관리 부서에서 근무하던 사람이 패션업계 마케팅으로 전환하는 것 등을 생각해

볼 수 있다.

세상은 늘 변화한다. 그러므로 세상 속에서 살아내야 하는 우리가 단순히 일관성을 지켜야 한다는 아무런 근거 없는 게으름을 내세우면서 변화하지 않는다면 어쩌면 그는 세상에서 지속적으로 조금씩 뒤쳐지고 있는 것에 다름 아닐 것이다. 다만 그 변화란 세상의 흐름을 면밀히 주시하면서 그 흐름에 걸맞추거나 또는 앞서서 변화하는 것이 필요할 것이다. 즉 세상의 수요를 먼저 알아챌 수 있는 능력이 있어야 하는 것이다. 커리어를 관리할 때, 커리어 피봇팅을 시도할 때 시장에서 수요가 있는 분야로 전환하는 것은 필수적이다.

심지어는 개인뿐만 아니라, 대기업도 피봇팅(사업전환)을 한다. 대한항공은 코로나19로 여객 운송량이 급감하자, 여객 운송기를 화물 운송용으로 개조하여 화물 운송에 집중하였고, 그 결과 큰 폭의 수익 하락을 막아, 항공사 중 유일하게 2020년 흑자를 달성했다. 대한항공의 이러한 피봇팅의 배경에는 3년간 화물사업본부장을 지내 화물사업에 대한 이해도가 높은 조원태 회장의 결정이 있었다.

이외에도 한국을 방문하는 여행객이 한국 여행정보를 얻는 플랫폼이었던 크리에이트립은 코로나 19의 위기로 사업이 축소되자 한국 상품을 대신 구매해 발송해 주는 역직구 사업을 실시했고, 성공적으로 론칭했다. 크리에이트립에는 그동안 쌓아왔던 고객 데이터가 충분했고, 또한 그동안 중화권 고객들을 대상으로 공동구매 이벤트를 3차례 진행했던 경험이 있었으며, 이를 바탕으로 '직구'를 메인 사업으로 전환하려던 차에 코로나 19 위기로 그 시기를 앞당긴 것이다.

개인도 커리어 피봇팅을 위해서는 이와 같은 준비가 반드시 필요하다. A의 경우 미리 해당 직무를 경험해 볼 수 있는 기회를 어떻게든 찾아서 경험해 보는 것이 좋다. 이직 전에 지금 다니고 있는 회사에서 업무전환, 전배 등을 통해 원하는 업무를 미리 수행해 보는 것이다. 그렇게 직무의 전환을 우선적으로 진행하여 성공적으로 안착한 다음에 업종의 전환을 노려보는 것이 좋다. 그리고 해당 업종과 직종에 관련된 뉴스에 늘 깨어 있으면서 기회를 찾는 노력을 게을리해서는 안 된다. 그러는 와중에 적절한 시점에 과감하게 원하는 것을 추진할 수 있는 결정력이 필요한 것이다. 그리고 이 모든 기회는 전부 사람에게서 나오는 것임을 인지하고 본인이 원하는 분야의 네트워크를 넓히는 일들을 해 나가는 것이 업종 또는 직종을 바꾸어 성공적으로 커리어 피봇팅을 할 수 있는 방법이 될 것이다.

중소기업에서 대기업으로
이직이 가능할까?

대졸 취업 준비생들에게 대기업에 입사한 선배들은 무언가 어두운 밤에 한줄기 빛과 같은 존재일 것이다. 선배와의 만남에서 어떤 희망적인 메시지를 얻기를 기대하며 그들과 대면하는 자리에 참석하고 선배들은 취업을 준비하는 후배들에게 이런 메시지를 던진다.

"취업 힘들다고 아무 데나 들어가서 일하지 마세요. 처음 시작을 어느 곳에서 하느냐에 따라서 그다음 미래도 결정되니까요"

그리고 이러한 조언을 들은 다수의 취업 준비생들은 시간이 다소 오래 걸리더라도 나름의 번듯한 대기업에 취직하기 위해 그 사이에 발생하는 수많은 취업 기회들을 흘려보낸다. 그렇게 1년 2

년의 시간이 흘러가고 만약 대기업 취업이 안 되는 경우 패배자와 얼핏 비슷한 기분으로 자신의 상황을 받아들인다. 그러므로 이렇게 시작하는 사회생활이 만족스럽지 않을 것은 당연지사. 그들은 입사 몇 년 만에 다시 사표를 제출하고 또 기나긴 취업 재수의 길에 들어선다.

물론 눈높이를 유지하는 것은 중요하고 당장의 현실이 힘들다고 해서 하향취업 하는 순간 그러한 상황에서 벗어나기 힘든 것은 앞에서 살펴본 바와 같이 많은 통계가 말해주는 사실이다. 그러므로 대기업, 공기업에 입사한 선배들이 말해주는 조언에 (평범하게 보자면) 틀린 점은 없다.

하지만 눈높이를 유지해야 한다는 말을 제대로 적용하려면, 이것은 현재의 내 상황을 무시하고 계속해서 취업 준비생의 신분을 유지하고 대기업 취업만을 바라보고 있는 것에 있지 않다는 것을 깨달아야 한다. "그 눈높이를 유지하는 것이 중요하다"는 말의 진짜 핵심은 현재의 내 상황을 무시하고 인정하지 않고 더 나은 것만 바라보고 기다리고만 있으라는 말에 있는 것이 아니라, 현재의 내 조건 하에 주어진 내 상황에 충실하되, 그렇다고 해서 미래의 큰 꿈(눈높이) 마저 버리지 말라는 것에 있다. 속된 말로 하자면 아무리 현실이 시궁창이라도 우리가 한 발짝 한 발짝 열심히 내딛다 보면 풍성하고 화려한 꽃밭에도 다다른 다는 사실을 잊지 말자는 것이다. 현재의 상황에 맞추어 내가 바라는 처우보다 더 낮은 조건으로 입사했다고 할지라도, 지금 있는 자리에서 열심히 노력하고 계속 도전하면 분명 더 나은 일자리를 얻을 수 있다는 사실을 잊지 말자는 것이다.

헤드헌터로 일하면서 느끼는 것은 중소기업에서 시작했다가 대기업 취업에 성공하는 사람들이 분명 존재한다는 것이고, 실제로 나는 이런 경우를 다수 접한다. 세간에 알려진 것처럼, 많은 대기업들이 자신들과 비슷한 규모의 기업에서 일했던 경험을 갖춘 후보자를 선호하는 것이 사실이기에 쉬운 일이 아니 것은 맞지만, 어떤 기업들은 본인들이 필요한 업무, 직무상의 자격요건만 갖추고 있다면 이전 재직회사의 규모는 상관없이 채용을 하기도 한다.

실제로 우수한 기업문화를 가지고 있으며 매출 3조, 설립 30년 차, 직원 수 5천 명에 이르는 국내 한 기업은 지원자의 직무가 얼마나 일치하는지, 업무를 얼마나 잘 수행할 수 있는지를 중심으로 입사자를 선발하고 있고, 실제로 이 기업보다 훨씬 더 작은 규모의 기업에서 근무했던 다수의 지원자들이 입사하여 재직하고 있다. 얼마 전 이 기업에 IT 관련 직종으로 면접을 진행한 후보자의 경우도 현재까지 재직했던 회사들 중에 매출 1조 원이 넘는 기업은 없다.

이러한 사례는 사실 다수 발견된다. A씨의 경우도 비슷하다. 규모는 매출 몇 백억에 불과하지만 해당 부문에서 국내 최고라 할 수 있을 기술을 보유한 기업에 재직했던 A씨는 지난달 S그룹 계열사로 이직에 성공하였다. 자신의 전공을 활용하여 해당 부문에서 상당한 입지를 가지고 있던 기업에서 나름의 실력을 입증하였던 A는 S그룹 계열사로 이직하면서 직급 상승, 연봉 상승까지 이점을 누리게 되었다.

물론 이런 사례들과 같이 중소기업에서 키워놓은 핵심 인재들을 대기업에서 스카우트 해가는 것들이 사회적인 문제가 되기도 하지만 여하튼 개인적인 차원에서는 이를 기회로 활용할 수도 있다는 것이다. 중소기업에서 인정받는 인재가 대기업으로 이직하는 데에는 비단 그 '간판' 외에 본인의 커리어 발전 가능성, 우수한 복지, 연봉, 직급 등의 많은 사유가 그 요인으로 작용하기 때문에 이를 막기 위해서는 해당 기업차원에서의 노력도 필요할 것이다. 많은 직장인은 해당 기업에서 자신의 미래를 그릴 수 없을 때 이직을 고려한다. 회사가 그 개인의 미래를 온전히 담보해주지 않는다면, 개인이 직접 자신의 안위를 위해 자유롭게 직장을 선택하는 것에 대해서 누가 비난할 수 있을까?

이렇게 실제 헤드헌터가 일하는 현장에서는 이직에 관련된 다수의 케이스들이 존재하고 이 사례들 중에는 끊임없이 자신의 몸값을 올리기 위해 노력하는 많은 사람들이, 가만히 있었다면 쟁취하지 못했을 큰 이점들을 획득해 나가는 모습을 자주 접한다.

만약 대세에 따르는 것만을 생각한다면 사실 우리가 힘든 생을 벗어나는 것은 애초부터 불가능한 일이다. SKY 졸업자이거나, 선진국에서 공부를 한 사람들이 좋은 직장에 취직하는 것이 대세라면, 그에 속하지 않는 대부분의 사람들은 사실 대세를 벗어나 예외를 노려야 한다. 세상에 떠도는 수많은 '평범한' 조언들은 '평범한' 케이스에만 맞추어져 있다. 하지만 세상이 요구하는 다양한 성공을 위한 조건들을 모두 보유하지 않은 당신은 '평범한' 케이스 외에 다른 '특별한' 케이스를 노려봐야 하지 않을까?

물론 세상의 다수가 평범하게 이루어져 있기에 성공의 조건을 모두 갖추지 않은 당신이, 대기업, 공기업에 취업하기 위해 필요한 스펙을 모두 갖추지 못한 당신이, 그러한 취업에 성공하기 위해서는 남들보다 몇 배는 더 깨지고, 다시 일어나서 몇 배는 더 열심히 도전해야 할 것이다. 그리고 그 첫 번째 방법에는 바로 이직에 관하여 열린 마음을 갖는 것이다. 누군가는 자신이 처한 상황에 안주하며, "에이, 어떻게 중소기업에서 대기업으로 이직할 수 있겠어" 라고 단념하는 반면에 어떤 이는 자신의 상황에서 더 나은 환경을 만들기 위해서 끊임없이 기회를 찾고 도전한다.

이직에 관하여 눈과 귀를 열고 정보를 수집하고, 경력을 개발하는 어떤 사람들은 본래 그가 가질 수 있는 것보다 더 나은 조건에서 일하고 자신의 커리어를 발전시킬 수 있는 새로운 기회를 갖게 된다. 분명 그런 사람은 존재한다. 평범하게 생각한다면 절대 이룰 수 없는 것들을 이루는 사람들이 있다. 헤드헌터인 나는 그런 사람들을 매일 눈으로 목격한다. 당신은 마음만 달리 가진다면 본래 가질 수 있는 것보다 더 높은 연봉 또는 더 안정적인 직장에서 근무할 수 있다. 당신은 어떤 사람인가?

기회가 찾아올 때까지 나는 공부하며, 각오하며, 준비된 상태로 지낼 것이다.

- 에이브러험 링컨

대기업에서 중소기업으로
이직해도 될까요?

많은 분들이 중소기업에서 대기업으로 이직이 아니라, 대기업에서 중소기업으로 이직한다고? 왜?라는 생각을 할 수 있을 것이다. 그런데 사람이 세상을 사는 방식이란 다 각자가 처한 환경과 중요하게 여기는 가치의 우선순위에 따라 다양하기 마련이라, 생각보다 대기업에서 중소기업으로 이직하시는 분들도 많다. 상황은 다양하다. 대기업에 근무하다가 이런저런 사유로 퇴직하게 되었고, 공백기가 발생하여 다음 단계를 고려하는 중에 중소기업으로 이직을 하시기도 하고, 어떤 분들은 대기업에 재직하고 있는 시점에 중소기업으로 이직을 고려하기도 한다.

대기업에 근무하는 것이 무조건적으로 직장 생활의 우수함을 담보하는 것은 아니기 때문이다. 누군가는 회사의 규모에 상관없이 그 회사가 가지고 있는 기업문화를 견딜 수 없어하기도 하고, 누군가는 본인의 역량을 보다 향상할 수 있는 다른 기업을 원하기도 한다. 많은 직장인들이 이곳에서 자신의 발전을 더 이상 기대할 수 없을 때 이직을 고려하고 그 와중에 기업의 규모가 그리 크게 작용하지 않는 경우도 많은 것이다. 또는 지역적인 문제로 기업의 규모에 상관없이 이직하기도 한다.

헤드헌터로 일을 하다 보면 많은 직장인들이 대기업에 근무하다가 아주 작은 규모의 외국계 기업으로 이직하기도 하고, 스타트업으로 이직하기도 하는 장면을 목격한다. 또 어떤 경우는 아주 작다고 할 수는 없지만 현재 재직하고 있는 규모의 회사보다 훨씬 규모가 작은 회사로 이직하기도 한다. 그런데 대기업에서 중소기업으로 이직한다고 해서 이직하고자 지원한 그 기업에서 무조건적으로 해당 지원자를 선호하는 것은 아니다. 아무리 큰 규모의 회사에서 근무했었고, 이보다 작은 규모의 회사로 움직인다고 해도 이를 성공시키기 위해서는 나름의 전략이 필요한 것이다.

이런 경우에는 어떤 점에 유의해야 할까?

일단 우선적으로 자신이 지원한 회사를 존중해야 한다. 겸손한 사람이라는 평가는 상대를 존중하고 배려하는 마음에서 나오는 것이지 자신의 경력사항에 대하여 그 가치를 깎는 데에서 나오는 것은 아니다. 현재 과장급이라면 적어도 과장만큼의 경력과 능력을 가지고 있어야 하고, 차장 또는 부장급의 능력이 된다면 어쩌면 더욱 선호될 수도 있을 것이다. 과장급이면서도 대리 정도의 능력과 수준을 가지고 있는 사람이라고, 자신의 경력에 대하여 과하게 겸손한 척 말하는 사람을 채용할 기업은 없다. 자신의 업무 능력은 충분히 어필하되 그 와중에 지원한 회사를 존중하고 배려하는 마음은 언제나 깊숙하게 간직하고 있어야 하는 것이다.

예를 들어 옛날 어느 가정에서 본인들보다 더 부유하고 학식 있는 집에서 자란 며느리를 들이고 싶다면, 아마 그 가정에서는 해당 며느리가 혹시나 우리 집을 무시하지는 않을지에 대하여 평소보다 더 신경을 많이 쓰게 될 것이다. 마치 이런 상황처럼 대기업에 재직하고 있는 사람이 중소기업으로 이직하고자 한다면 더욱 더 회사를 존중하고, 이 회사에 본인이 입사하고 싶은 이유에 대하여 구체적으로 답할 수 있어야 한다. 내가 회사의 비전과 사업내용에 대하여 얼마나 공감하고 있는지에 대하여 말할 수 있어야 하는 것이다.

A는 매출 1조 5천억 원, 6천여 명의 직원이 근무하는 회사에서 일하고 있지만, 자신의 고향에서 일하는 것을 늘 희망했고 해당 지역으로의 이직 기회를 찾아왔다. 그리고 최근에 드디어 몇년 동안의 도전 끝에 이직에 성공했다. A가 새로 입사하는 회사는 매출 1천억 원이 되지 않는 기업으로 현 재직하는 회사보다 규모

면에서 훨씬 작은 회사이지만 회사의 성장가능성에 대하여 공감하며, 고향에서 안정적으로 일할 수 있다는 것에 충분히 만족하고 있다. 당연히 그의 면접은 아주 심층적으로 진행되었고, 중소기업과 대기업의 차이에 대해서 그리고 중소기업에서의 업무에 임하는 태도에 대해서도 몇 가지 질문이 주어졌다. 그는 사전에 충분한 준비로 주어진 질문에 대하여 만족할만한 대답을 하였고, 최종 합격이라는 결과를 얻어낼 수 있었다.

물론 회사는 일을 하는 곳임으로 업무 역량에 대하여 충분한 자격을 갖추고 있어야 하는 것에 대하여는 두말할 나위가 없을 것이다. 그리고 중요한 것은 당신만 이런 방향으로 움직이는 것이 아니라는 사실이다. 규모는 작지만 충분한 성장 여력을 지니고 있는 회사라면 대기업에서 근무이력을 가지고 있거나, 충분히 대기업에 지원해도 합격할만한 사람들이 이미 그 회사에 많이 근무하고 있을 것이다. 지원한 회사에 합격해서 근무하고 싶은 것이 면접의 목적이라면 업무 능력에 대한 사항은 충분히 어필하되, 상대에 대한 존중과 배려를 잊지 않는 것. 합격의 결과를 이뤄내기 위해 상대를 존중하는 마음은 필수라고 할 것이다.

연봉이 높아지면 갈 곳이 줄어든다
보통의 방법 vs. 특별한 방법

경력이 쌓이면서 연봉이 높아지면 좋기는 한데 문제는 갈 곳이 줄어든다는 것이다. 지금 여기를 떠나게 되면 대체 어디서 또 이 연봉을 내게 줘가면서 나를 채용할지 모르겠는데, 문제는 지금 이 회사에 얼마나 다닐 수 있는지를 가늠할 수 없다는 것이다. 플랜B가 없이 플랜 A에만 의지해서 살아가는 것은 사람을 굴욕적으로 만들고 또 불안하게 한다. 그러므로 플랜A가 아무리 좋더라도 우리는 늘 플랜 B를 준비하는 생활을 해야 한다.

그렇다면 몸값이 점점 올라가는 시기, 이때는 대체 이직을 어떻게 하면 좋을까? 연봉이 높은 직군의 포지션은 절대적으로 그 숫자 자체가 적다. 적은 포지션에 많은 사람들이 몰린다. 이때 그냥 공고에 지원하고 냉수 받아놓고 기도하면 되는 것일까?

작은 확률을 뚫기 위해서는 특별한 방법을 써야 한다. 대학생들의 취업 특강을 나가서 "취업을 하기 위해 보통의 방법을 통해서 성공한 사례를 듣고 싶어요? 아니면 특별한 방법을 통해서 성공한 사례를 듣고 싶어요?"라고 물어보면 많이들 보통의 방법을 선택한다. 특별한 방법을 써서 합격하는 것이 어려울 것 같기 때문이다. 그런 학생들에게 나는 이렇게 얘기해 준다. "여러분, 보통의 방법만을 쓰면요, 그냥 스펙 좋은 사람이 좋은 회사에 입사했네. 이거밖에 없어요. 그게 세상이 돌아가는 보통의 이치잖아요. 그런데요, 우리가 '전략'이라고 말하는 것은 어떨 때 쓰는 말일까요? 그냥 가만히 뒤도 되는, 될 만한 사람이 되는 그런 것을 할 때 우리가 전략이라고 할까요? 아니에요. 제가 생각하는 전략은요, 가만히 있으면 되지 않을 일을 무언가를 통해서 되게 만드는 것을 말하고요. 그래서 사람들이 깜짝 놀랄 만한 일들이 생기도록 하는 게, 그 방법이 바로 '전략'이에요. 우리가 전략을 제대로 쓰면요, 가만히 있을 때는 절대 얻지 못했던 것들을 얻을 수 있어요. 전략적으로 행동하는 것이 내가 가진 것보다, 내 스펙 보다 더 좋은 회사에 입사할 수 있는 방법인 것이에요. 자 그럼, 다시 물어볼게요. 우리는 취업을 하기 위해서, 그냥 하는 것이 아니라, 잘하기 위해서 보통의 방법을 써야 할까요? 특별한 방법을 써야 할까요? 여러분은 취업하는 보통의 이야기가 듣고 싶어요, 아니면 특별한 이야기가 듣고 싶어요?"

어떤 일을 하든지 마찬가지이지만 우리가 어떤 것을 하기 위해서 필요로 해야 하는 것은 그것을 이루는 특별한 방법이고, 우리는 그것을 바로 '전략'이라고 부른다. 나는 그리 길지 않은 인생이지만, 몇 가지의 큰 에피소드들을 거치면서 인생의 어느 지점에서든 전략은 늘 필요하다고 생각하게 되었는데, 점점 경력이 쌓이기 시작하는 시기, 연봉이 높아지는 시기, 경쟁자는 많은데 적합한 포지션은 적어지는 환경, 등 수많은 이직 또는 취업 시장에서도 이는 마찬가지이다. 특히 경력이 어느 정도 쌓이고 연봉이 높아지는 상황에서 플랜B를 준비하는 과정은 더더욱이 녹록하지 않다. 이러므로 우리는 더욱 전략적으로 행동해야 한다. 그저 공고를 보고 지원하고 서류에 통과하기를, 그리고 면접에서 면접관 마음에 들기를 냉수 떠놓고 기도하는 것만으로는 부족하다는 것이다. 할 수 있는 모든 것, 필요한 모든 것을 해야 한다.

K는 이직이 절실했다. 그런데 연봉이 높았다. 어쩔 수 없는 상황에서 몇 번 이직을 하기는 했는데, 꼭 연봉을 높이려고 이직한 것만은 아니었다. 그런데 몇 번의 이직을 통하면서 K는 여하튼 손해 보는 이직을 할 수는 없었고, 그러는 사이 시장에서 내세우는 연봉보다 더 높은 몸값의 소유자가 되어있었다. 물론 너무 좋은 일이었지만, 또 한편으로는 불안했다. 결정적으로 K가 지금 다니고 있는 회사에서 어서 나가고 싶었기 때문이다. 절대 오래 다닐

수 없는 회사라고 K는 생각하고 있었고 어쩌면 그래서 그 연봉을 제시해 주는 것인지도 몰랐다. (K가 다니던 회사는 외국계였는데, K의 말을 빌리면 "정말 능력도 인성도 안 되는 사람들이 영어하나 된다는 이유로 고 연봉을 받고 다니는 회사. 회사에서 직원을 생각하는 게 돈만 주면 된다고 생각하는지 직원의 안전에 관심이 없어 보임. 한국의 근로기준법을 무시함" 등의 이유였다.)

K는 본인의 연봉이 업계에서 높은 수준이라는 것을 충분히 지각하고 있었고, 이직이 절실했기에 연봉은 어느 정도의 수준에서는 하향해서라도 이직할 의향이 있었다. 하지만 수많은 이직 시도에도 몇 번 면접을 보기도 하고, 최종 제안을 받기도 했지만 결국 성공할 수는 없었다. 이미 연봉이 높은 수준으로 연봉을 낮춰서 입사하는 것에 대하여 오히려 해당 기업에서 (회사에 만족하지 못할까 봐) 우려하기도 했고, 실제로 연봉을 맞춰 줄 수 있다고 해서 면접을 보고 다 진행하고 나면, 결국엔 기존 연봉보다 몇 천만 원이나 아래 수준의 연봉을 제안하기도 했다.

이런 과정 중에 K는 P기업의 공고를 접하게 된다. P기업은 유명한 외국계 기업이었고, 한국 지사의 규모는 그리 크지는 않았다. 아마도 P기업이라면 어쩌면 K의 연봉을 맞춰 줄 수 있을지도 몰랐다. 더 오르지 않아도 되니, 어느 정도 비슷한 수준의 연봉이라도 줬으면 좋겠다는 것이 당시 K의 심정이었으나, 그 회사에 합격할 수 있을지는 장담할 수 없었다. 사이트를 보니 이미 지원자

수도 상당했다. 얼마나 훌륭한 이력을 가지고 있는 사람이 많을지 굳이 상상하지 않아도 알 수 있었다.

K는 이번 이직을 반드시 성공시켜야겠다는 마음으로 지인들을 수소문했다. 그간의 경력으로 업계에 아는 사람들이 몇 있었고, P 기업에서 왜 이 포지션을 냈는지, 지금 어떤 상황인지, 그리고 그 포지션의 직속 상사는 누구인지 어떤 사람인지를 알아냈다. 그리고 채용 SNS를 통해 그에게 대화를 시도했다. 공고에 지원하는 것만으로는 도저히 서류 통과조차 장담할 수 없는 상황이라고 판단했기 때문에 K는 K의 입장에서 할 수 있는 것을 다 시도한 것이다.

그리고 K는 몇 번의 면접을 통해 P기업에 입사했다. 집이 멀어 일주일 중 며칠의 재택근무의 기회까지 처우 협의 시에 함께 협의되었고, 완벽하지는 않지만 만족스러운 직장에서 만족할만한 처우를 받으며 근무하고 있다.

어느 경력 지점에서건 취업 자체가 쉬운 것은 절대 아니지만, 경력직의 이직 특히나 고 연봉자의 이직은 더욱 어렵다. 우리는 보통의 방법에만 의지해서는 안 된다. 우리를 우리가 가진 것보다 또는 우리가 처한 상황보다 더 높은 곳, 더 나은 곳으로 데려다 주는 방법은 보통의 방법이 아니라, 특별한 방법에 있고, 그러므로 우리는 "전략"적으로 행동해야 한다.

이직 시장에 뛰어들기

면접을 약속하는
커리어 포트폴리오 작성법

취업 시 디자인 직군 또는 일부 연구개발 직군에서나 활용했던 포트폴리오가 이제는 거의 모든 직군에 요구되고 있다. 이에 대학생을 비롯한 취업 준비생이나 이직을 준비하는 직장인들은 자신의 이력을 나타낼 수 있는 포트폴리오를 미리 만들어 두는 것이 취업에 성공하고 구직 기간을 단축하는 데에 매우 유리한 방편이 될 수 있다. 이미 유튜브나 인터넷에 "취업 포트폴리오" 라고 검색하면 굉장히 많은 자료들이 검색되고, 대학생들의 취업 커리어 캠프에서도 취업 포트폴리오 작성은 메인 프로그램으로 운영되고 있는 실정이다. 그렇다면 이렇게 중요하다는 취업 포트폴리오는 대체 어떻게 작성하는 것이 좋을까?

두산백과에서 제공하는 포트폴리오에 대한 정의는 서류 가방, 자료수집철, 자료 묶음을 뜻한다고 한다. 자신의 이력이나 경력 또는 실력 등을 알아볼 수 있도록 자신이 과거에 만든 작품이나 관련 내용 등을 모아 놓은 자료철 또는 자료 묶음, 작품집으로, 실기와 관련된 경력증명서라고 볼 수 있다는 것이다. 또한 이러한 포트폴리오는 자신의 실력을 남에게 보여주기 위한 자료철이기 때문에 자신의 독창성과 능력을 한눈에 알아볼 수 있도록 간단명료하게 만드는 것이 좋다고 설명하고 있다.

한 마디로 취업 시 활용하는 포트폴리오는 이력서에 기재된 내용이 진짜임을 확인해 주는 시각자료를 포함하여, 이를 통해 이력서에 기재된 내용을 구체화하고 또 증빙하는 자료라고 할 수 있다. 기업에서 채용 과정 중에 실시하는 발표 면접 등에서 요구하는 포트폴리오는 주로 자유양식인 경우가 대부분이지만 통상적인 경우 파워포인트 PPT 를 활용하여 작성하는 경우가 많다. 요즈음에는 미리 캔버스 사이트(www.miricanvas.com) 등에서 자기소개서 등에 필요한 양식이 많이 준비되어 있으므로 이를 활용하는 것도 방법이다.

포트폴리오는 나의 이력, 경력을 나타내는 것으로 그 안의 콘텐츠가 부각되어야 하는 것이 우선이고 특별히 디자인이 중요한 직무가 아닌 이상 디자인으로 승부를 보는 문서가 아니다. 그러므로 취업을 위해 포트폴리오를 작성하고자 하는 구직자는 해당 포트폴리오에 담을 내용에 대하여 고민을 더 많이 해야 하는 것이지 포트폴리오 디자인을 어떻게 할 것인가를 두고 많은 시간을 쏟는 것은 시간의 효율적 활용 측면에서 옳은 방향은 아니다.

포트폴리오를 작성하기로 했다면 일단 자신의 포트폴리오를 대표할 수 있는 타이틀, 콘셉트를 우선설정하는 것이 좋다. 단순히 자신의 이름으로 포트폴리오를 작성하기보다는 "마케팅의 달인, OOO" 등으로 간단한 제목이라도 덧붙인다면 수많은 이력서와 포트폴리오 속에서 씨름하는 인사담당자의 눈에 1분이라도 더 머무르게 하는 데 효과적일 것이다.

그렇게 자신의 포트폴리오 타이틀과 콘셉트를 설정했다면 자신이 해당 포지션에 적합한 인재라는 것을 나타내는 3-4줄 정도의 핵심역량을 기술하는 것이 좋다. 다만 이때 명심해야 할 것은 이러한 본인의 핵심역량은 반드시 해당 포지션의 J.D. 와 일치하는 것이어야 한다는 것이다. J.D에서 요구하는 이러이러한 요건에 대하여 내가 저러저러한 역량을 가지고 있다,라는 측면에서 기술해야 한다.

그다음 나의 학력, 경력 사항을 그래프 등을 통하여 나타냄으로

써 내가 해당 직무를 담당하기 위해 어떤 길을 걸어왔는지에 대하여 한눈에 확인할 수 있도록 해 주는 것이 좋다.

그런 다음 본격적으로 포트폴리오를 통해 나를 설명한다면 나를 나타낼 수 있는 3가지 키워드를 우선 설정하고, 이러한 키워드를 설명하는 방식으로 포트폴리오를 만드는 것도 효과적인 방법일 수 있다. 설정한 키워드는 내가 얼마큼의 직무역량을 갖추고 있으며, 또한 조직생활이 가능한 적합한 인재라는 것을 나타낼 수 있는 내용이어야 하며, 뒤에 추가하는 각각의 장표를 통해 설명하고 구체화한다. 이때 설명은 사진, 증명서 등 시각화된 자료와 그 신빙성을 보증할 수 있는 자료로 구성하면 좋을 것이다. 내가 설정한 키워드를 예시를 통해서 설명하고 증빙하여 인사 담당자로 하여금 내 능력에 대하여 보다 신뢰를 갖도록 하는 것이다.

이렇게 나의 과거를 통해 신뢰를 형성한 다음에는 이러한 내가 향후 어떻게 커리어를 발전시켜 갈 것이며, 이 회사에서는 입사 후에 어떤 계획을 가지고 있는지 미래 포부에 대하여도 설명하는 장표를 추가할 수 있다. 이는 해당 포지션에 입사하고 싶은 의지를 강조하고, 장기간 근속할 수 있는 인재라는 점을 부각하는 장점을 가진다.

이 외 포트폴리오 안에 남들과는 차별된 자신을 부각할 수 있는 것들을 추가한다면 어떤 것이 있을까? 서류 전형을 통과한 수많은 우수한 지원자들 속에서 나를 채용하는 것이 회사에 이득이 될 것이라는 것을 어떻게 알릴 수 있을까를 고민해 보는 것이다. 만약 취업에 아직 여유가 있는 대학교 2, 3학년이나 아직 직장을 다니고 있으나 때가 되면 이직을 고려하고 있는 직장인라면 학교생활과 직장생활을 하면서 이러한 점을 늘 염두에 두면서 지내는 것이 좋다. 늘 가슴속에 지니고 있는 것이라면 언젠가는 문득 답이 주어지는 경우가 많기 때문이다. 하지만 그렇게 지내는 동안에도 특별한 아이디어가 떠오르지 않는다면 그저 운에 맡기기보다는 포트폴리오 안에 영상을 삽입한다든지, 함께 공부하거나 같이 근무한 지인, 동료들에게 자신을 추천하는 한마디 말들을 부탁하고, 수집하여 포트폴리오의 한 챕터로 구성한다든지 하는 것은 어떨까? 간절히 원하는 자에게는 늘 그것을 얻을 수 있는 길이 나타나는 것이라고 믿는다. 건승하시기를 기원한다.

면접 기회를 얻게 하는
경력 기술서 작성법

신입사원이야 경력이랄 것이 없기 때문에 학력사항, 교육사항, 자기소개서 등이 총체적으로 검토되지만, 경력직의 이력서는 경력기술서가 메인이다. 내가 채용기업의 면접에 임하는 후보자들에게 사전 인터뷰를 하면서 강조하는 것 또한 경력에 대한 부분이다. 채용 포지션에 대한 경력 일치도를 면접 때 다시 한번 어필하는 것이 무엇보다 중요하기 때문이다. 경력직은 가능성을 보고 뽑는 자리가 아니라, 뽑아서 바로 쓸 수 있는 사람을 채용하고자 하기 때문이다. 그러므로 경력직에게 지원한 포지션에 부합하는 업무 경력은 그 무엇보다도 중요하다.

그러기 위해서는 출제자의 의도를 파악하는 일이 중요하겠고, 여기에는 의도를 파악하기 위한 별도의 기법들이 필요하다. (조직

구조를 파악하는 등의 출제자의 의도를 파악하는 방법에 대하여는 별도의 장에서 기술하였으니 참고하시면 좋을 것이다.) 그리고 출제자의 의도에 맞추어 자신의 경력을 메이크업해야 한다. 여기서 메이크업이란 이력서를 과장하거나 허위를 기재하라는 것이 아니다. 그렇게 되면 면접 때 당연히 들통이 나게 된다. 이력서를 과장하거나 허위를 기재하는 것이 아니라, 지원하는 포지션을 명확하게 파악하고 자신이 했던 업무 중에서 적합한 내용을 부각하는 것이다.

방법은 이렇다. 첫째, 본인이 했던 경력 사항 중에서, 지금까지 해 본 일 중에서 지원하는 포지션 연관된 업무가 어떤 것인지 파악하여 그것을 강조하여 서술한다. 둘째, 그 업무를 통해 본인이 어떤 성과를 냈는지, 그리고 그 업무에서 본인의 기여도는 어느 정도인지, 어떤 역할을 했는지, 업무를 진행하면서 문제점은 무엇이었는지, 그리고 그것을 어떻게 개선했는지, 어떤 결과가 있었는지, 어떤 파급효과가 있었는지에 대한 간단하게 기재할 수 있다면 좋다. 이런 부분은 사실 면접관이 면접 때 질문하는 주요 질문 사항 중 하나이기에 이력서 상에 이러한 내용을 녹여낼 수 있다면 더 유리할 것이다. 그리고 세 번째로 가장 중요한 것은 이러한 본인의 경력을 바탕으로 지원하는 회사에 무엇을 기여할 수 있는지를 보여주는 것이다. 이 부분도 면접 때 반드시 준비해야 하는 부분인데, 이러한 내용을 경력 기술서 또는 자기소개서에 은근히 노출할 수 있다면 채용 기업으로 하여금 본인을 "만나보고 싶은 인재"로 어필할 수 있을 것이다. (이 3가지 step은 면접 준비 과정에도 동일하게 적용된다.)

"근태야, 넌 날 위해 뭘 해줄 수 있어?"라고, 2015년 개봉한 김현석 감독의 영화 〈쎄시봉〉에서 극 중 쎄시봉의 뮤즈 민자영 역을 맡은 한효주는 오근태 역을 연기한 정우에게 물었다. 그리고 우리는 "당신은 우리에게 뭘 해줄 수 있나요?"라는 기업의 물음에 답해야 한다. 자고로 줄 것이 있어야 얻을 것이 있다. 아무도 손해 보는 장사는 하지 않는다. "우리 회사에 와서 뭘 기여할 수 있는지?"는 모든 채용에서 당락을 결정하는 핵심이다. 기업은 생각한다. 이 사람을 뽑으면 우리는 무엇을 얻을 수 있을까? 이 사람을 어떻게 활용할 수 있을까? 우리는 이 질문에 명확하게 답할 수 있어야 그 회사에 입사할 수 있다.

이력서 작성 시 가장 중요한 것은 "만나보고 싶은 사람이 되는 것"이다. 서류만을 보고 관심을 끌거나 어필할 수 있는 것이 있어야 한다. 그럼 어떤 사람을 만나보고 싶어 할까? 나에게 이득이 될 만한 사람이다. 그런 사람으로 보여야 한다. 그렇다고 만나보고 싶은 사람이 되려고 단순한 호기심을 자극하는 것들을 해서는 절대 최종합격에 가지 못한다. 혹여나 호기심에 만나보고 싶을 수는 있겠지만, (면접은 볼 수도 있겠지만) 나에게 이득이 될만한 사람이 아니면 절대 채용 하지 않는다. 방금 말했듯이 손해 보는 장사는 하지 않기 때문이다. 만나보고 싶은 사람이 되어야 하되, 상대에게 이득을 줄 수 있는 사람이 되는 것. 또는 그렇게 보이는 것이 중요하다. 물론 입사해서 진짜 일 잘하는 사람으로 성공하려면 실제도 기업에 이득을 많이 주어야 함은 당연하다. 그런 사람으로 보이기 위한 작업이 경력 기술서에 녹아 있어야 한다.

면접관이 당신을 판단하는 기준, 역량 레벨

기업에서 바른 채용을 하기 위해서 활용하는 역량 레벨을 알고 있으면 도움이 많이 된다.

경력에 대한 설명은 내가 했던 업무 중에 지원하는 포지션에 부합하는 업무 경력을 설명하고, 그 업무에서의 본인의 기여도를 설명하고, 이러한 설명은 자고로 "나는 당신에게 00한 것을 줄 수 있다." 라는 관점에서 기술되어야 한다고 말했다. 그런데 그 전에, 실제적인 효과를 높이기 위해서는, 채용하려는 사람들이 인재에게 요구하는 역량 수준의 기준에 대하여 미리 알고 있는 것이 도움이 될 수 있다.

인재가 가지고 있는 전문성은 면접을 통하여 평가된다. 보통 숙련된 면접관들은 BEI(Behavioral Event Interview) 라는 기법을 통해 지원자의 역량을 파악한다. (물론 이외에도 역량을 평가하는 많은 도구들이 있지만, 일반적인 인터뷰에서는 BEI 를 통해 평가하는 경우가 많은데, 이는 지원자의 최근 업무 관련 성과를 확인하고, 그 과정에서 지원자의 구체적인 행동 사례를 이끌어 내어 평가하는 방법이다.) 이때 활용되는 역량 수준은 다음과 같다.

〈역량 레벨 5단계〉

Level 1 해당 분야의 기본 용어 및 지식을 이해하고 있다.

Level 2 최신 트렌드 및 지식을 업무에 다양하게 적용한다

Level 3 기존 지식, 기술을 접목/응용한다. 새로운 방식, 산출물을 만들어 낸다

Level 4 자신의 지식을 공유하고 타인의 지식 및 기술 향상을 위해 지속적인 노력을 한다

Level 5 해당 분야 지식 및 기술 관련 새로운 방식을 만들어 조직 내 · 외부로 확산시킨다

[출처] #채용전문면접관 1급 자격 자료

통상 신입사원이라면 Level 2~3, 관리자급의 경력이라면 level 3~4까지의 역량을 보유하고 있기를 기대한다. Level 5에 해당하는 인재는 사실 거의 찾기 어렵기는 한데, level 5에 해당하는 인재는 '조직의 패러다임을 바꿀 수 있는 역량을 가진 인재'로 정말 성공하기를 원한다면 우리는 이러한 수준의 역량을 보유하기를 힘쓰고 이를 어필할 수 있어야 한다. "아, 이 사람을 채용하면 우리 회사가 정말 발전적으로 변화할 수 있겠구나." 하는 정도여야

한다는 것이다. 이러한 역량 수준을 먼저 숙지한다면 보다 효과적으로 내가 지원하는 포지션의 수준에 맞는 역량을 보유하고 있음을 어필할 수 있을 것이다.

일 잘하는 사람들은 자신의 일을 '프로젝트화' 하는 데 뛰어난 능력을 발휘한다. 매일의 진도를 시각화해 체킹하고, 자신의 진도가 효과적인지 타인들의 피드백을 받으며, 빈둥 빈둥거리다가 갑자기 몇 시간을 꼬박 책상 앞에 앉아 무서운 속도로 일한다. - 여유로운 시간을 충분히 즐기면서 계속 머릿속으로는 목표에 접근하는 루트를 탐색한다. - 매순간 루트를 탐색하되, 그 탐색이 압도적이거나 부담스럽거나 괴로운 것이 되지 않게 하는 것. 이 스킬을 연마하면 분명 탁월한 메이커가 될 것이다.

- 팀 페리스

경력직도
자소서가 필요하나요?

"신입사원이야 내세울 경력이 없으니 자기소개서라도 잘 써야 하는 것 아닐까 싶어서, 자기소개서가 중요하겠지만, 이미 경력이 00년인데, 이런 내가 자기소개서를 써야 하나요?"라고 질문하시는 분들이 참 많다. 실제로 경력직이야 누구나 주지하고 있는 바와 같이 자기소개서보다는 경력기술서가 훨씬 더 중요하기에 경력 기술서를 상세하고 구체적으로 지원하는 포지션에 부합하도록 기술하는 것이 우선되어야 한다. 하지만 문제는 그 포지션에 적합한 사람이 나 혼자만은 아닐 것이라는 사실이다. 대체 내가 왜 떨어졌는지를 알 수 없을 때에 인사팀에서 하는 거의 동일한 문구는 "타 후보자와의 경합 결과"이다. 그리고 실제로 그렇다. 나는 그 포지션에 내가 적임자라고 생각하지만, 그런 적임자가 한 명이 아니기 때문에 그렇다. (물론 나는 적임자라고 생각했지만, 회사에서 뽑고 싶어 하는 인재는 약간 다른 경력을 가지고 있는 사람일 경우도 많다. 그러므로 출제자의 의도를 파악하는 것이 가장 중요한데, 여기서는 출제자의 의도는 잘 파악이 되었다고 가정하고, 비슷한 경력을 가진 다수의 후보자가 경합하는 경우에 우위를 점할 수 있는 방법을 이야기하고자 한다.)

이럴 경우 필요한 것이 바로 자소서이다. 나는 경력직의 경우에도 자기소개서를 잘 쓴다면, 비슷한 타 후보자들보다 우위에 설 수 있는 무기가 될 수 있고, 또 어떤 경우는 심지어 연봉에도 영향을 줄 수 있다는 것을 몇 가지 사례를 통해 알게 되었다.

사실 그 포지션은 본부장급을 뽑는 포지션이었기 때문에 정말 다른 포지션 보다 경력이 더 중요한 포지션이었다. 요건이 녹록하지는 않았기에 비슷한 경력을 가진 사람은 많으나, 딱 회사에서 필요로 하는 경력을 가진 사람은 찾기가 힘든 상황이었다. 매출이 2조 정도 되는 코스피 상장기업이었는데, 해당 포지션이 본부장급이나, 임원은 아니고 임원 대우를 해주는 부장 채용 포지션으로 연봉 자체가 높은 편은 아니었다. 다만 임원이라면 계약직으로 채용이 되었을 텐데, 본부장이면서 부장급으로 진행되면서 정규직으로 채용되는 포지션이라 나름의 매력이 있는 포지션이었다. 문제는 요구하는 구체적이고 세부적인 경력사항에 온전히 일치하는 후보자 풀이 아주 적다는 것과 동일 체급과 비교했을 때, 비교적 낮은 수준의 연봉이었다. 후보자 풀도 적은 데다가 연봉도 낮은 총체적 난국의 상황. 이때 발견한 아주 적합한 후보자가 있었으나, 연봉이 걱정이었다.

다행히 이 후보자는 지방 근무에서 서울 근무로 옮기고 싶어 하는 경우로 연봉은 지금 수준으로만 맞춰준다면 이직의사가 있다고 했다. 그런데 처음 회사에서 제시했던 연봉 수준은 이 분의 현재 연봉에도 못 미치는 정도의 수준이었다. 하지만 후보자 풀이 너무 적은 포지션이었기에 희망 연봉 수준을 명확히 기재하여 추천을 진행하기로 하고 이력서를 받았다. 그리고 나는 그분의 이력서를 보고 그분의 훌륭한 경력도 경력이지만 자기소개서에 깜짝 놀랐다. 내가 봤던 자기 소개서 중에 가장 멋진 자기소개서가 아닐까 생각했다. 그 지원자의 자기소개서에는 진심이 드러나 있었다. 나는 그분의 자기소개서를 접하고서, 경력직 자기소개서의 기능이 무엇이며, 왜 경력직에서도 자기소개서가 필요한 것인지에 대하여 다시 한번 알게 되었다.

이 분의 자기소개서에는 본인의 경력 소개, 지원하는 회사 홈페이지를 방문하고 느낀 감성, 기존에 업무를 하면서 깨달았던 점들, 입사하면 어떤 마음가짐으로 업무를 수행할 것인지에 대한 다짐 등이 담겨 있었다. 시적이기도 하고, 감성이 담긴 에세이 적이기도 했는데, 그렇다고 이분의 전문성을 드러내지 않는 것은 아니었다. 내가 아마도 시적이고 감성적이다라고 느꼈던 부분은 이 분이 지원하는 회사에 얼마나 진정성을 가지고 지원하는가를 표현하는 방식에서였다. 이 분은 지원하는 회사의 홈페이지를 둘러보며 느꼈던 점을 자신의 경험과 빗대어서, 그리고 앞으로 입사하면 자신이 어떤 역할을 수행할지와 연관 지어서 신기하게도 감성적으로 기술했다. 절대 길지 않은 짧은 자기소개서였지만 그래서 더 시적으로 보였고 모든 것이 포함되어 있었으며 완벽했다. 이 분은 본인 경력의 장점을 간단히 소개하고 본인이 지원한 회사에 진정성을 가지고 지원한 것임에 대하여 정말 완벽하게 기재했다. 이 지원서를 보는 어떤 채용 담당자가 감동하지 않을 수 있을까라는 생각이 들 정도. 이 분은 추천드리자마자 바로 면접이 진행되었고, 연봉도 처음 해당 포지션에 책정된 연봉 수준을 훨씬 상회하여 후보자 본인이 희망하는 금액 수준으로 협의되어 기분 좋은 마음으로 입사하셨다. 나는 이 분 포지션을 진행하며 인사팀과 몇번 이야기를 나누었고, 인사팀에서도 이분 이력서에서 자기소개서에 깊은 인상을 받으셨다는 것을 알 수 있었다. 자기 소개서의 힘이란 이런 것이다.

경력직의 자기소개서는 신입 때처럼, 성장과정, 학창 시절 등의 내용을 구구절절 기재할 필요는 없다. 필요한 것은 내가 이 회사에 어떤 것을 줄 수 있느냐 이고 내가 이 회사에 얼마나 입사하고 싶은 지이다. 입사의지가 높고 지원동기가 확실한 사람을 싫어할 기업은 없다. 나의 입사의지와 지원동기를 효과적으로 나타낼 수 있는 것이 바로 자기소개서이다.

대화를 할 때는 한가지만 명심하라. 대화의 목적은 오직 상대를 돋보이게 만들어주는 것이지, 지적을 하거나 벌을 주는 것이 아니라는 것을.

- 닐 스트라우스, 롤링 스톤 편집자, 뉴욕타임즈 기자. 베스트셀러 작가

헤드헌터의 추천서 (헤드헌터 사전인터뷰)

만약 헤드헌터를 통해서 지원을 진행한다면 헤드헌터의 추천서 또한 영향을 발휘할 수 있다. 우리 서치펌에서는 면접을 진행하는 모든 지원자들에 대하여 헤드헌터가 사전인터뷰를 진행하고 있고, 나는 가끔 후보자들의 미팅 내용을 정리하여 사측에 참조자료로 송부드리기도 한다. 이 경우에는 헤드헌터의 사전인터뷰가 후보자가 경력기술서에 미처 다 기재하지 못한 지원동기와 입사 후 포부, 기여할 수 있는 부분 등을 구체적으로 면접 전에 회사에 전달할 수 있는 매개체가 되기도 한다.

IT 회사에서 IPO를 담당할 수 있는 경영기획팀 부서장을 채용하는 포지션이었다. 실제로 이런 포지션들의 경우 비슷한 경력을 가지신 아주 훌륭하신 분들이 다수 지원하신다. 이런 훌륭한 다수 분들 속에서 나를 어필하는 것이 쉬운 일은 아니다. 이때 진행했던 한 후보자는 서류 전형 과정 중에 우리 서치펌을 방문해서 인터뷰를 진행했다. 중요포지션인 만큼 서류 검토에 시간이 걸리면서 일정이 다소 지연되었는데, 나는 이때 후보자의 사전인터뷰를 통해 우리가 추천한 후보자가 정말 적임자라는 확신이 있었고, 후보자가 회사에 얼마나 적합한 인재인지를 보여주기 위해서 사전인터뷰를 정리한 별도의 문서를 추천서 형태로 작성하여 사측에 발송하였다.

그 인터뷰에는 후보자가 그동안 어떤 일들을 어떻게 수행했었는지를 비롯해서, 지원한 회사에 왜 지원했는지, 그 회사를 살펴보고 어떤 것을 할 수 있을 것으로 계획하고 있는지 등에 대한 내용이 상세하게 포함되어 있었다.

이후 해당 후보자는 면접이 요청되었으나, 회사 내부 사정으로 서류 검토에 일정이 너무 지체된 나머지 이미 그 후보자는 다른 회사에 합격통보를 받아 두고 있는 상황이었다. 나는 아쉬웠지만 회사에 해당 내용을 통보할 수밖에 없었다. 그런데 뜻밖의 일이 일어났다. 회사에 후보자가 이미 합격한 회사가 있어서 면접을 포기하겠다는 의사를 전달했으나, 회사에서 다시 연락이 와서, 대표이사께서 꼭 OO님을 만나 뵙고 싶어 하신다고 면접 보게 설득을 해달라고 하신 것이다. 왜 그러시냐고 했더니, "대표님께서 이분 인터뷰 내용 확인하시고는 우리 회사에 필요하신 분 같다고 꼭 뵙고 싶다고 하셔서요. 아직 타 회사 입사하신 것이 아니시라면 한 번만 더 의사 확인해 주실 수 있으실까요?" 하셨다. 나는 삼고초려를 하는 마음으로 후보자께 전화하여 일정이 지연된 것에 대하여 다시 한번 사과드리고 면접이라도 봐보시고 결정하시라고 몇 번 말씀드렸다. 그리고 그분은 면접을 보시기로 하시고, 연봉도 상당 부분 인상하셔서 입사하셨다.

이렇듯 경력기술서에서 나타낼 수 없는 것들을 별도의 문서로 어필할 수 있다면 경력직에서도 상당한 강점을 가질 수 있다. 물론 내가 남들에 비해 아주 특별한 경험과 정말 우수한 스펙을 가지고 있다면 그 경력만으로도 무엇이든 다 해볼 수 있겠지만, 세상에는 늘 나만큼의 아니 나보다 잘난 사람들이 항상 더 많다는 게 문제다. 이 문제를 타개할 수 있는 방법은 남들이 다 쓰는 보편적인 방법만으로는 안 된다. 보다 특별한 방법을 강구해야 하고, 어쩌면 그런 방법 중의 하나가 자기소개서와 헤드헌터 사전 인터뷰 등이 있을 것이다.

다만 헤드헌터 사전인터뷰는 헤드헌터에게 연락을 받아 진행하는 경우, 또 그 헤드헌터에게 이러한 역량이 있는 경우에만 가능하므로 헤드헌터를 통한 지원이 아닐 경우 커리어 포트폴리오 작성 또는 기타 (영향력 있는) 타인의 추천서 등이 그 대안이 될 수 있을 것이다.

인성 검사도
준비가 필요한가요?

채용 전형 중 인성 검사가 온라인으로 진행되는 경우들이 많다. 그리고 보통 가벼운 마음으로 인성 검사를 진행한다. 기본적으로 인성 검사라는 것이 그저 내 기본적인 모습으로 보면 되는 것이지 무슨 준비가 필요할까 싶은 것이다. 나는 지금까지 큰 문제없이 잘 살아왔고, 앞으로도 착하게 잘 살 것이니 별 문제가 없을 것이라고 생각하는 것이다. 그리고 다들 "어차피 질문하고 많이 생각하고 답변하면 오히려 다른 답을 말할 수 있기 때문에 본연의 자신의 생각대로 질문에 대하여 많은 생각 없이 답변하는 것이 좋다."라고 이야기하기 때문이다.

실제로 대부분의 인성 검사에서 질문에 답변할 시간이 많이 주어지지 않는다. 앞에서 이야기한 그러한 사유로 그 사람의 본연의 모습을 알아내기 위해서 짧은 시간에 신속하게 질문에 답해야 하고, 질문에 답하고 난 이후에는 수정할 기회가 없어지는 경우가 많기 때문에 질문 하나하나에 대한 답변은 또한 신중해야 한다.

그리고 또 이렇게들 이야기한다. "인성 검사에서 떨어지는 경우는 거의 없어요. 정말 기본적인 것을 보는 것이라서 형식적인 절차라고 생각하시면 돼요." 보통의 경우에 이 문장은 틀리지 않다. 하지만 입사하기 전까지 지원한 회사에서 시행하는 모든 절차는 그 절차를 진행하면서 탈락자가 발생할 여지가 분명히 있다는 사실을 명심해야 한다. 어떤 작은 절차라고 해도, 그 절차를 통해 지원자를 판가름하고 싶은 마음에 시행하는 것이고, 그렇다면 분명 탈락의 경우가 발생할 수 있는 것이다. 아무리 적은 확률로 발생한다고 해도, 그것이 나한테 발생한다면 그건 나에게는 100%의 확률과 같다. 그러니 입사 전 어떤 절차도 소홀히 해서는 안 된다.

"네? 인성 검사에서 떨어졌다고요? 다시 보라고요? 뭐 어떻게 다시 보죠? 어떻게 답을 해야 하는 것인지 모르겠어요. 또 떨어지면 어떡하죠?"

모 대기업에 지원했던 A는 인성 검사를 치른 후 '신뢰할만한 결과'가 아니라서 불합격 선에 들었지만, 인사팀과 현업의 요청에 의해 다시 인성 검사를 진행하게 되었다. 통상의 경우에 이런 경우가 많지는 않지만, A는 해당 포지션에 아주 적합한 후보자로 회사에서 A를 꼭 만나보고 싶어 했기 때문이다.

나는 "지난번 검사에서 기억이 나는 질문이 있으시면 말씀해 주시겠어요?"라고 묻고는 함께 어떻게 검사를 치를지를 도출해 나갔다.

사실 기업에서 수행하는 인성 검사의 가장 기본이 되는 2가지 기준은 바로 이 사람이 얼마나 윤리적이고 도덕적인 사람인지, 그리고 공동체 생활에 적합한 사람인지를 판단하는 것에 있을 것이다. 물론 기업에서 적합한 '직원'을 뽑고자 하는 인성 검사에서 탈락했다고 해서, 그가 도덕적이지 않고, 공동체 생활에 적합하지 않은 사람은 아닐 것이다. 사업가 체질이 따로 있는 것처럼 직장인 체질이 따로 있을 수도 있고, 그는 단지 직장인 체질에 맞지 않는 것일 수도, 또는 그 기업에서 원하는 인재상에 맞지 않는 것뿐일 수도 있는 것이다. 다만 지원한 기업에 입사하고 싶은 생각이 강한 것이 진심이라면 인성 검사에도 어느 정도 신중을 기할 필요가 있다.

1:29:300 법칙, 하인리히 법칙에서처럼, 모든 큰 일들은 수많은 작은 징조로부터 시작한다는 말을 나는 삼성에서 신입사원 시절 들었다. 발생하는 작은 일들과 큰 일들의 사이에는 반드시 어떤 관계가 있다고 믿는 것이다. 인성 검사에서의 질문들도 이와 같다. 어떤 한 주제를 놓고 아주 작은 질문부터 큰 질문까지 한다. 예를 들면 "대의를 위한다면 작은 규칙은 어겨도 된다고 생각한다."의 질문부터, "아무리 많은 사람을 구하는 일이라고 해도 법률을 어길 수는 없다고 생각한다." 등의 질문을 군데군데 섞어 놓는 것이다. 우리는 이런 질문에서 일관성 있는 답변을 해야 한다. 물론 융통성과 엄격함에 있어서 어느 것이 우위에 놓이는 것인지는 개인적인 선호도에 따라 다를 것이나, 살다 보면 아무리 작은 사소한 규칙이라도 지키면서 사는 것이 마음이 편하다. 그리고 대의를 포기하고서라도 원칙을 지키고자 하는 이러한 태도가 지금 당장은 손해 보는 것 같아도 먼 훗날 내게 언젠가는 크게 보답하는 날이 올 것이라고 믿는다.

인성 검사의 목표 중 첫 번째가 윤리성, 도덕성을 검증하고자 하는 것이었다면 두 번째는 얼마나 조직생활에 적합한 사람인지를 보는 것이다. 전작 〈커리어독립플랜〉에서도 언급한 이야기이지만 "모난 돌이 정 맞는다."라는 말은 아직도 거의 대부분의 기업에 적용할 수 있는 문장이다. 모난 돌이 나쁜 것은 절대 아니고,

나는 오히려 이런 사람들이 더 훌륭한 업적을 남길 수 있는 것이라 생각하지만, 기업에서는 모난 돌 보다 기업의 조직문화에 부드럽게 녹아들 둥그런 돌을 선호한다. 자신이 모난 돌이라면 그는 사업을 해야 한다. 조직원으로서 무난하게 조직생활을 하기 위해서는 자신이 모난 돌이 아니라 둥그런 돌임을 증명해야 한다. 그리고 이러한 내용이 인성 검사를 통해 확인되어야 하는 것이다.

이러한 점들에 유의해서 가족들이 모든 잠든 후에 조용한 마음으로 다시 검사를 치른 A는 무난히 인성 검사에서 합격 했다. 그에게 그가 원하는 더욱 큰 미래가 기다리고 있기를 응원한다.

헤드헌터에게 연락받으셨어요?
헤드헌터 활용법

최고의 인재는 미묘한 루트에 의해 "발견" 되는 형식을 취한다. 이때 가장 효과적인 방법은 바로 헤드헌터의 대상이 되는 것이다. 헤드헌팅의 대상이 되는 것은 사실 아무나 할 수 있는 일이 아니다. 이는 반대로 헤드헌터 서비스를 활용하는 기업이 되는 것 자체가 쉬운 일이 아니기 때문이기도 하다. 헤드헌터 서비스는 우수한 인재를 채용하고자 하는 기업을 대상으로 하는 B2B 서비스로 여타의 HR 서비스 중에 가장 비싼 소위 명품 서비스에 속한다.

간혹 헤드헌터를 활용하고자 하는 기업의 대표, 임원 분들 중에는 내게 "헤드헌팅 수수료는 왜 이렇게 비싼가요?"라고 질문하시는 분들이 있다. (서치펌 마다 차이가 있지만 내가 속해 있는 커리어앤스카우트(ISO 인증 대형 서치펌)의 헤드헌팅 수수료는 입사자 연봉의 20% 가 주로 적용되고(2023년 기준), 임원급의 경우 그 수고로움이 배가 되기에 25% 정도가 적용되는 경우도 많다. 일본의 경우 30% 이상이라고 한다.) 반면에 또 어떤 대표님들은 "수수료는 한 푼도 안 깎을 테니 앞으로도 좋은 분 많이 추천해 주십시오." 하고 인사하시기도 한다. 우리를 믿고 의뢰를 해준 대표님들 모두 너무 감사하지만 나는 "헤드헌팅 수수료는 본래부터 깎지 않는 것이 당연하다."라는 말씀을 드리고 싶다.

사람들은 시장에서 콩나물을 살 때는 열심히 깎는다. "백 원이라도, 천 원이라도 빼 주시면 안 될까요?" 콩나물 한 봉지에 얼마 하지도 않지만 그 몇 천 원에서 고작 몇 백 원이라도 더 깎아보려고 실랑이를 한다. 그런데 백화점 명품관에서 명품을 구입할 때는 값을 깎지 않는다. 시장에서 콩나물 값 천 원에 10% 할인을 요구했듯이 똑같이 10% 할인만 요구해도 명목상으로는 훨씬 더 큰 금액을 손에 쥘 수 있을 텐데도 그렇게 하지 않는다. 이유가 무얼까? 화려한 분위기에 압도당해서? 명품을 살 때 깎으면 없어 보일까 봐?

여러 가지 이유가 있겠지만 동일한 사람임에도 불구하고 이런 아이러니한 행동을 하는 까닭에는 아마 명품을 구입할 때는 "명품을 구입할 수 있을 정도의 능력을 가진 사람"이라는 일종의 자부심 등도 작용할 것이다. 그 자부심을 소위 가격 할인 시도로 인해서 훼손시키고 싶지 않은 것이다. 그렇게 콩나물 값을 깎듯이 안간힘을 써서 가격을 깎을 것이었으면 애초에 백화점 명품관이 아니라 타 기성품 또는 시장에 가서 사면 된다. 명품은 명품을 살 수 있는 능력을 갖춘 사람만 사는 것이다. 아무나 값을 깎아서 살 수 있다고 한다면 그것은 명품이 아니다. 그리고 어느 누구도 자신이 손해 보는 장사는 하지 않는 법이므로 만약 명품을 제값 주고 구매하는 소비자라면 그는 명품에 그만큼의 가치가 있다고 판단하기 때문일 것이다.

백화점 명품관의 명품이 오랜 시간 동안의 노하우와 우수한 실력을 갖춘 장인의 손길로 완성되는 것처럼 우수한 헤드헌팅 서비스에는 수많은 이들의 노력이 깃들어 있다. 여타의 오픈된 채용 시장에서 쉽게 찾을 수 없는 인재 DB를 구축하고자 하는 서치펌(헤드헌터 회사)의 노력이 있고, 한 서치펌을 구성하는 우수한 능력과 경력을 가진 헤드헌터들은 협업을 통해 개개인이 보유한 고유의 네트워크들을 활용하여 해당 포지션에 적합한 인재를 찾아낸다. 이러한 것들은 모두 갑자기 한 순간에 이루어질 수 있는 일이 아닌 것이다. 또한 한 포지션에 적합한 우수한 인재를 추천하기 위해서는 수많은 가능성 있는 타 후보자들을 접촉하고, 미팅하며 검증하는 절차를 거치게 된다. 이 과정 중에 헤드헌터 개개인의 지식과 안목은 무엇보다 중요하게 작용한다.

어떤 기업들은 헤드헌터 서비스가 단순히 "이력서만 전달해 주는 것 아닌가요?"라고 생각하는 경우가 있으나, 그런 기업들의 경우 앞서 얘기했듯이 명품 헤드헌팅 서비스가 아닌 시장에서 저렴한 서비스를 구입하면 된다.

헤드헌터 서비스는 '헤드(head)' 즉 기업의 최고경영자 또는 그와 비슷한 정도의 영향력을 가질 수 있는 임원, 우수 직장인을 채용하기 위해서 검증된 인재를 추천받고자 하는 서비스이다. 그러므로 반대로 생각하면 내가 입사하는 회사에서 내가 중요한 인재인지, 핵심인재로 입사하는 것인지를 알아보려면 회사에서 나를 채용하면서 얼마큼의 검증을 거치는지를 보면 된다. 기업은 기업에 많은 영향을 미칠 수 있는 중요 포지션을 절대 함부로 채용하지 않는다. 소위 C 레벨이라고 하는 임원급 포지션의 경우 추천받은 서치펌(헤드헌터 회사)에서 1차로 레퍼런스 체크를 하고, 타 회사에 별도로 레퍼런스 체크 만을 요구하기도 한다. 임원급이 아니더라도 실제로 우수한 인재를 채용하고자 하는 실력 있는 기업은 아무리 적합한 지원자가 회사로 직접 지원을 해와도 거절한다. 그리고 그에게 "헤드헌터 통해서 지원하세요"라고 한다.

최근 A는 입사하고 싶은 외국계 기업의 한국 지사장의 연락처를 수소문하여 결국 알아냈고 그 지사장에게 메일로 지원의사를 표명했으나, 그는 바로 "서치펌을 이용하고 있으니 서치펌의 헤드헌터 통해서 지원하라"라는 답장을 받았다. 그리고 그는 5번의 면접을 거쳐 얼마 전 합격 통보를 받았고, 연봉 협의를 거쳐 며칠 전 채용 확약서에 서명을 완료했다. 내년 초 입사를 준비 중인 그는 지금은 레퍼런스 체크 등 백그라운드 체크 중이다. 진짜로 재직했던 회사에 다닌 것이 맞는지, 보유하고 있는 자격증 학위 등은 진실한 것인지 검증하는 절차이다.

세상이 나 혼자만의 힘으로 살아갈 수 있는 것이 아니듯 우수한 인재를 채용하는 것은 한 기업의 힘만으로 가능한 일이 아니다. 그리고 실력 있는 인재가 되어 그에 걸맞은 회사에 입사하는 것 또한 혼자만의 힘으로 할 수 있는 것이 아니다. 무릇 명망 있는 인재란 자신이 먼저 "나는 이런 사람이오. 나는 이렇게 잘났소."라고 이야기하는 것이 아니다. 정말 실력 있는 사람들은 누군가에 의해 "발견된다". 유명하지 않은 사람은 자기가 자기를 홍보하지만, 정말 유명한 사람은 다른 사람이 인터뷰 기사를 써서 홍보해 주는 것과 같다. 그렇게 되기 위해서 그 사이에 어떤 작업이 필요한 지는 충분히 고민해 본 사람만이 알 것이다. 그리고 이 미묘한 차이를 아는 사람만이 자기가 있는 분야에서 최고가 될 수 있다.

헤드헌터 통해 이직할 때 유의점
헤드헌터의 직업윤리

헤드헌터는 굉장히 민감한 정보를 다루는 전문직이다. 헤드헌터의 의도와 상관없이 헤드헌팅을 진행함에 있어서 지원자들의 개인정보와 대한민국 기업 및 산업의 기밀 정보에 접근하게 되는 경우가 많다. 그러므로 헤드헌터 통해 이직 및 채용을 하는 경우라면 헤드헌팅 서비스에 대하여 정확하게 이해하는 것이 필요하며, 해당 헤드헌터가 적정한 직업윤리를 갖춘 사람인지는 굉장히 중요하다.

헤드헌터는 그 각 개인이 전문직이자 HR 로비스트로서 채용을 통해 사회적으로 영향을 끼치는 사람이라는 본인의 자각이 반드시 필요하다. 자신이 어느 위치에서 일을 하고 존재하며, 자신이 행하는 일이 어떤 영향을 미칠 수 있는지 제대로 깨닫지 못하는 헤드헌터의 경우 자칫 후보자의 인생과 채용을 의뢰한 기업에 좋지 않은 영향을 끼칠 수 있다. 한 사람의 인생에서 커리어, 이직은 아주 큰 부분을 차지하는 중요한 사안이며, '인사가 만사'라는 문구처럼 채용을 의뢰한 기업에도 막대한 영향을 끼칠 수 있기 때문이다. 그러므로 헤드헌터는 민감하게 발달된 사회적인 센스로 채용 프로젝트와 연관된 각 주체와 소통이 가능해야 하며, 채용에 있어서는 발생할 수 있는 여러 이슈들에 대하여 전문가 수준의 역량을 갖추어야 한다. 또한 각 분야의 사회적, 경제적, 산업적인 정보에 대하여도 준 전문가 수준의 지식과 정보를 지니고 있어야 효과적인 업무 수행이 가능하다.

반면에 헤드헌터는 지원자의 친구나 가족도 아니고, 채용 의뢰 기업에 소속된 직원도 아니기에 지원자들의 인생과 채용 회사의 경영 정책에 너무 깊숙이 개입해서는 곤란하다. 더군다나 채용, 이직은 기업과 지원자 간 당사자끼리의 결정이므로 각 당사자가 주체적으로 판단하여 결정하는 것이 핵심이며, 필요한 경우 헤드헌터가 조언은 할 수 있을지언정 그 판단을 대신해 줄 수는 없다. 헤드헌터의 일로 인한 사회적 영향력은 막대하지만 그 위치로 인한 제약이 존재하기에 말과 행동에 깊은 주의가 필요한 경우가 많은 것이고, 이때 헤드헌터의 노하우와 센스가 중요하게 작용하는 것이다.

　다만 헤드헌터는 신이 아니므로, 모든 것을 미리 알고 사전에 예단할 수는 없으며, 관상법과 독심술을 연마하여 인간관계 및 사회생활에서 발생하는 모든 문제를 제거한 상태의 결과를 이끌어낼 수는 없다. 또한 이러한 신과 같은 능력을 갖추도록 헤드헌터에게 강요할 수 있는 부분도 아니다. 그러므로 헤드헌터가 신이 아님으로 인해서 불가피하게 발생할 수밖에 없는 필연적인 부작용에 대하여, 헤드헌터가 (신이 아닌) 인간으로서 할 수 있는 방법을 통해 미리 예방하는 데에 헤드헌터의 직업윤리가 존재한다. 그 방법이란 신의성실의 원칙에 의해 기본적인 상식과 윤리 선에서 프로젝트를 진행하는 것이 가장 우선일 것이며, 헤드헌팅을 진행하는 그 절차에 있어서 하자가 없어야 할 것이다.

　헤드헌터의 업무는 기본적으로 소속된 서치펌(헤드헌팅 회사)과 기업(채용 회사)간에 인재 추천 서비스 계약을 맺고 진행하는 B2B 비즈니스이다. 따라서 헤드헌터의 고객은 채용을 의뢰한 기업이고 해당 포지션에 지원한 후보자는 헤드헌터의 고객이 아니다. 다만 헤드헌터는 헤드헌팅 업무를 통해 지원자들의 이직을 돕게 되는 역할을 자연스레 수행하게 된다. 하지만 헤드헌터의 추천을 통해 입사하게 되는 그 어떤 경우에도 채용 및 입사 결정은 해당 건의 당사자인 기업과 지원자가 주체적으로 하게 되는 것이며, 헤드헌터는 채용의 주체가 아니다. 그러므로 채용 시 기업은 면접을 통해 면밀하게 후보자(지원자)를 파악하여야 하며, 지원자도 면접을 통해 회사에 대하여 입사 전에 충분히 살피는 기회를 가져야 할 뿐 아니라, 본인의 입사에 대하여 스스로 안정성을 기해야 한다.

이 과정에서 헤드헌터는 채용을 의뢰한 기업의 소속이 아니고 또한 지원자와는 계약관계에 있는 것이 아니므로, 지원자나 기업에 보다 합리적인 제안을 할 수 있는 위치에 있다는 데에 그 장점이 있다고 할 것이다. 헤드헌터는 본인의 이러한 지위를 십분 활용하여 채용을 의뢰한 기업의 채용 절차에 하자가 없음을 살피고, 지원자의 이력 사항에 허위가 없는 지를 가능한 방법과 절차를 통하여 인간이 할 수 있는 수단을 통해 검증하는 것이다. 이러하기 위해서는 주먹구구식으로 이력서만 전달하는 것이 아닌, 헤드헌팅 프로세스가 명확하게 정립되어야 하는 것이 필수적이다.

첨예한 이익이 대립되는 비즈니스 세계에서 민감한 사항은 언제든지 발생할 수 있다. 이때 헤드헌터가 얼마큼의 내공을 가지고 있는 사람이냐에 따라 관련된 지원자, 의뢰 기업 등에 영향이 미칠 수 있다는 것을 명심해야 한다. 실제로 헤드헌팅을 진행하다 보면 최종합격이 된 이후에 갑자기 사측에서 채용 사실을 번복하기도 하고, 합격자가 입사한 후에도 근로계약 체결을 지연하는 등 다양한 이슈가 발생한다. 새로 헤드헌팅을 의뢰하는 기업의 경우에는, 헤드헌팅 비용을 절감하기 위해 직접 채용을 진행하는 동안, 후보자의 이력이 모두 허위라는 사실을 그 후보자가 이미 입사한 이후에야 발견해서 회사 내에 큰 문제가 생기는 등, 채용 관련 문제를 다수 경험한 후에야 비로소 헤드헌팅을 의뢰하는 사례 등도 흔하게 발견된다. 이러한 다양한 상황에 대처하기 위해 헤드헌터는 채용 프로젝트를 진행하며 그동안 쌓아왔던 각종 경험으로 갖춘 자신만의 센스와 감으로 발생할 수 있는 문제들에 대해 적절하게 처신해 나가야 한다. 바로 이때 헤드헌터의 직업윤리는 무엇보다 중요하며, 지원자와 채용 기업 모두 원활한 채용과 입사를 위해 헤드헌팅에 대한 적절한 이해가 필요할 것이다.

참조: 헤드헌터, 커리어 컨설턴트의 하루

"헤드헌터 김경옥입니다." 라고 하면, 많은 분들이 헤드헌터가 어떤 사람인지, 어떤 일을 하는지 궁금해한다. 사실 헤드헌터를 접할 기회가 모두에게 있는 것도 아니기 때문에 헤드헌터가 어떤 직업인지에 대하여도 모르는 사람이 많다.

실제로 2020년 9월에 방송된 SBS 예능 프로그램 '런닝맨'에서 연예인 양세찬, 이광수, 하하, 김종국 등은 '헤드헌터'라는 직업에 대하여 "머리 날리는 거야?" 또는 "위에 있는 사람?" "미용사?" 등의 다채로운 해석을 내놓은 바 있다. 그리고 내가 인터뷰했던 유튜브 채널 "꽃수다"에서도 촬영 당시 진행자께서 "사실 헤드헌터라는 직업이 무엇인지 모르는 분들이 많을 텐데, 직업 소개를 먼저 해 주세요."라고 이야기하신 바 있다.

헤드헌터는 우수한 인재를 채용하고자 하는 기업의 요청에 의해 적합한 인재를 추천해 주는 서비스를 하는 사람으로 기본적으로 B2B 비즈니스를 수행한다. 그리고 실제 수많은 다양한 기업의 채용 업무를 진행하므로, 업무를 수행하면서 접하게 되는 직장인

지원자들에게 자연스럽게 커리어 컨설팅, 커리어 코칭을 진행하게 된다. 실제 채용을 진행하는 사람의 커리어 코칭은 당연히 현장에 있지 않은 사람의 그것에 비해서 더 현실적인 면을 가지게 되는 것이 장점이라고 할 것이다. 헤드헌터가 어떤 일을 하는 사람인지에 대해서 헤드헌터, 커리어 컨설턴트의 하루를 소개하면 이렇다. 바로 나의 어제는 이랬다.

나는 아침에 출근하면 보통 직장인들과 같이 책상에 앉아 컴퓨터를 켜고 커피를 한잔 내려 하루를 시작한다. 오전에는 주로 어제 접촉했던 후보자들의 근황을 정리하는 일들을 한다. 보통 지원자들은 퇴근하고 밤에 이력서를 보내오는 경우가 많으므로 밤새 메일함에 수신된 이력서를 검토한다. 그리고 부족한 내용, 보완이 필요한 사항들에 대하여 후보자들과 통화하며 확인해 나간다. 이 과정은 동시에 후보자가 어떤 성향을 가졌는지, 이 회사 또는 이 포지션과 적합한 능력과 인성을 가졌는지 검증하는 첫 번째 절차이기도 한다.

또한 이번 주 초에 입사한 합격자들이 두 명이었고, 그중의 한 명은 타 컨설턴트와의 협업에 의해서 추천된 분으로 더욱 긴밀하게 입사 이후에도 상황을 살핀다. 입사자들이 회사에 입사 후 첫인상은 어땠는지에 대하여 통화하고, 간밤에 들어온 질문에도 확인하여 답해준다.

다음 달 초에 입사예정인 합격자의 레퍼런스 체크도 진행한다. 레퍼런스 체크는 기본적으로 3명으로 진행하고, 마침 연락한 평가자가 바로 인터뷰가 가능하다고 하여 인터뷰하고 내용을 정리하여 보고서로 작성한다.

마침 어제는 오후 1시에 면접이 예정된 후보자가 또 한 명 있어서, 이 분께 요청했던 경력증빙, 연봉 증빙 자료를 검토하였고, 면접에 늦지 않도록 확인 후 기업에 전달한다. 기업 인사팀에서 마침 확인을 요청한 사항이 있어, 면접 이후 다시 통화하여 면접이 어떻게 진행되었는지를 확인하면서 해당 사항을 파악 후 다시 고객사에 전달한다.

이런 과정을 거치다 보면 사실 점심은 시간을 놓치거나 2시가 다 되어서 시작한다. 잠깐 회사 근처의 식당에서 간단하게 30분 정도 점심 해결 후 다시 자리로 돌아와 타 헤드헌터들께서 추천해 주신 후보자들의 이력서를 검토하고, 또 새로운 후보자를 서칭 한다.

주로 일주일에 두 번 정도는 채용 기업에 면접이 예정되어 있는 후보자가 헤드헌터 사전인터뷰를 위해 우리 회사에 방문하기로 되어 있어서, 이 경우 나는 30여 분간 우리 서치펌의 미팅룸에서 채용기업과 포지션에 대한 설명, 면접 요령 등을 코칭한다. (요즘은 코로나19 상황으로 인해 대면 미팅이 여의치 않을 경우, 화상 미팅 등으로 진행한다.)

어제는 마침 지인을 통해 새로 헤드헌터 서비스 요청을 하는 기업체 대표님이 연결이 되어, 새로운 계약 체결을 위해 우리 서치펌의 경영지원실과 연결을 시키고, 나는 기업 방문 미팅 약속을 잡는다. 이렇게 새로 의뢰된 고객사의 경우에는 사전에 우리 서치펌과 계약 내용에 대한 협의를 마친 후 내가 직접 사측에 방문하여 회사의 근황, 채용 의뢰 상황 등을 살피게 된다. 그렇게 진행하는 포지션들은 진행하는 중에도 간혹 인사팀이나, 실무 부서장, 기업 대표께 전화해서 진행 상황들을 챙기고, 나도 주기적으로 서칭 상황을 보고하기도 한다. 후보자 미팅의 경우 우리 서치펌에서 진행하는 것을 원칙으로 하지만 고객사 미팅의 경우 근무시간 중에 사측에 방문하여 미팅하는 것을 원칙으로 한다. 그렇게 해야만 실제로 어떤 회사인지를 보다 정확하게 파악할 수 있고, 적합한 인재를 추천하는 데에도 유리하기 때문이다.

이 모든 과정 중에 나는 틈틈이 새로운 후보자를 찾고, 또 타 헤드헌터들이 추천해 준 후보자들의 이력 사항을 검토하는 일들을 한다. 이처럼 헤드헌터의 하루는 고객사 미팅, 후보자 미팅, 면접 코칭, 이력서 검증, 증빙서류 검증, 레퍼런스 체크 등 쉴 새 없이 돌아간다.

이렇게 하루를 마치면 집으로 돌아가며 경영 도서들을 확인하며 산업과 경제의 동향에 주시한다. 기업체의 대표님 인사팀과 세련되게 소통하여 신뢰할 만한 비즈니스 파트너로 자리매김하기 위해서는 자연스러운 대화에서 흘러나오는 지식과 노하우가 필수적이기 때문이다. 또한 나와 미팅하는 후보자들께도 더욱 신뢰를 줄 수 있기 때문이다.

이런 하루하루가 모여서 한 명의 헤드헌터를 만들어 낸다. 그리고 한 채용 건에 한 후보자를 입사시키기 위해서 때로는 100여 명이 넘는 후보자들을 접촉하고 찾아내며, 그 길 위에는 수 십 명의 헤드헌터의 노고가 깃들어 있기도 하다. 헤드헌터 서비스는 그러하기에 무게가 있는 서비스인 것이고, 헤드헌터의 하루는 심지어 휴가지에서도 여전히 쉼 없이 돌아간다.

chapter
4

최종합격을 부르는
면접의 기술

그가 면접에
참석하지 않은 이유

"내일 오전 일찍 면접이에요. 오늘 술 마시면 안 되셔요. 아셨죠? 절대 일찍 집에 귀가하시고요, 꼭 컨디션 조절 잘하셔야 합니다."

면접이 이른 아침에 시작되는 경우 나는 꼭 전날 전화해서 후보자가 혹시 그 전날 회식인지, 아니면 술을 먹는 약속이 있는 것은 아닌지, 야근이 있는지를 살핀다. 다들 성인이므로 알아서 면접에 참석하도록 그냥 두어도 상관없지만, 꼭 전날 전화해서 후보자의 컨디션을 챙기는 것은 생각보다 후보자가 면접 당일 자신의 컨디션을 잘 돌보지 않아 문제가 생기는 일들이 발생하기 때문이다.

"아니, 면접장에 늦고 하는 것은 이직에 대한 의사가 없어서 그런 것 아니야?"라고 질문할 수 있겠지만 실제로 딱 그렇지만은 않다. 이직에 대한 의사가 분명하지 않은 후보자들의 경우나 시험 삼아 지원하려는 후보자들의 경우에는 기업에 추천하기 전 내가 주문하는 일련의 것들을 성실하게 수행하지 않기 때문에 기업추천 전에 다 들통이 난다. 지원하겠다는 의사를 확인하고 이력서를 받고 나면, 재직회사 각각에 대한 구체적인 이직 사유를 질문하고, 연봉 내역을 질문하고, 공백기간에 대하여 확인한다. 이러한 이유는 기업에서 후보자의 이력서만을 보고 이 사람이 어떤 경력을 쌓아 왔는지를 명확하게 파악할 수 있도록 하기 위해서인데, 이러한 과정 중에 이직 의사가 분명치 않은 분들은 자연스레 지원을 포기하게 된다. 또한 면접 대상자가 되면 경력과 연봉을 증빙할 수 있는 증빙 서류를 요구하는데 이 과정을 통해서도 "시험 삼아 면접 한번 봐 보겠다"는 분들은 판가름이 난다.

그러므로 담당 헤드헌터인 나의 요구에 대해서 성실하게 대응을 했던 후보자들은 이직에 대하여 그 지원의사가 확고하다는 것을 유추해 볼 수 있는 것이다. 그러나 이들도 사람인지라 어떤 상황에 있어서 간혹 실수가 발생할 수 있고, 헤드헌터는 대체로 후보자들보다 이러한 채용 과정에 대한 경험이 더 많으므로 이들이 실수할 수 있는 지점에서 실수를 방지하도록 도와주는 것이다. 면접 전 날, 면접 일에 늦지 않도록 일정을 확인해 주는 것도 그러한 일 중의 하나이다.

간혹 이런 일들이 실제로 발생한다. "저 면접장에 일찍 도착해 있습니다. 시간 맞춰서 올라가겠습니다"라고 연락을 받고, 담당 헤드헌터는 기업 인사담당자에게 후보자가 미리 도착해 있으며 시간에 맞춰서 들어갈 것이라고 안내한다. 그런데 잠시 뒤 기업 담당자로부터 후보자가 아직 면접장에 도착하지 않았다고, 급하게 찾는 전화가 오는 것이다. 그리고 아무리 후보자에게 전화를 해도 연락이 닿지 않는다. 나중에 확인된 것은 후보자가 인근 카페에서 기다리다가 깜빡 잠이 든 것이다. 다행스럽게도 1차 면접은 기업에서 양해해 주어 늦게라도 진행이 되었다. 그 후보자는 사실 해당 기업에 지원의사가 굉장히 높았으며 우수한 이력을 가진 후보자로 면접에 늦었음에도 불구하고 1차를 통과하였고, 2차 면접 대상자가 되었다. 그러나 2차 면접관 중 한 임원이 나중에 이 사실을 확인하고 면접을 보지 않겠다고 하여 무산이 되었다. 해당 후보자는 국내 명문대학을 졸업하고 현재도 국내에서 몇 손가락 안에 드는 대기업에 재직 중이었으나, 경력개발 차원에서 몇 가지 사정으로 해당 기업에 꼭 입사하고 싶어 했던 후보자였기에 그 아쉬움은 더욱 컸을 것이다.

대체 어느 모로 보나 훌륭한 학력과 이력을 가진 그는 왜 그날 아침 깜빡 잠들었던 것일까? 취업, 이직이 무수히 이루어지는 취업 이직 현장에서도 사람이 사는 곳이기에 웃지 못할 일들은 언제나 발생한다. 그리고 이러한 에피소드들을 통해 우리는 뜻하지 않은 상황에 대한 대비를 해 나가는 것이다. 이러한 경험으로 다져진 노하우라는 것들은 어떠한 특이변수에도 대처할 수 있는 힘을 갖게 해주는 것이고, 취업 시장의 한복판, 이직 시장의 현장에서 뛰는 헤드헌터가 이러한 에피소드들을 세밀하게 관찰하고 민감하게 반응하여 기억한다면 그는 취업시장의 현명한 조언자가 될 것이다. '진짜' 전문가는 현장의 경험에서 나오는 것이다.

그리고 지원자들은 본인을 담당하여 진행하는 헤드헌터가 만약 취업, 이직 시장에서의 노련미를 갖추고 있다면 그를 십분 활용하여 취업 과정에서 혹시나 발생할 수 있는 돌발상황에 대처할 수 있는 기회를 갖게 된다.

모든 면접에 성실하게 임하는 것이
취업 성공의 열쇠

생각보다 면접 경쟁률이 높지 않은 경우, 그 기회를 놓친다면 너무 아까운 일 아닐까?

나는 공공기관 공기업의 채용 시에 전문면접관으로 참여하는데 사실 면접관의 위치에서 면접에 참여하게 되면 한 명 한 명 면접을 보는 일이 아주 고되다. 주로 며칠에 걸쳐서 진행되는 공기업 대규모 공채의 경우 지원자의 자리에 앉아 있는 상대방은 인생을 걸고 오는 것이라는 걸 알기 때문에 한 건 한 건 소홀히 할 수가 없을뿐더러 신경을 초 집중한 채로 쉬는 시간도 거의 없이 몇 시간을 보내기 때문에 끝나고 나서 집에 가면 거의 기절한 채로 잠든다. 그렇기 때문에 사실 가끔 면접자 결시가 생기면 그 시간은 조금이나마 숨을 돌릴 수 있어서 면접관으로서는 다행이다 싶기도 한데, 한편으로는 너무 안타깝다.

이름만 대면 누구나 알만한 공기업의 채용 건도 간혹 최종 면접 대상자의 수는 많지 않은 경우들이 있다. 이럴 경우 정말 면접에 참여하는 것, 면접에 성실하게 참여하는 것이 합격의 중요한 키(key)가 되는 것이다. 이런 상황에서, 면접에 불참해서 그 기회를 놓쳤다는 사실을 그 지원자는 알고 있을까?

대기업, 공기업 또는 공공기관의 1차 면접 이후 2차, 최종 면접의 경우는 이미 서류에서 상당 부분 걸러지고, 필기를 거치고 또 1차 PT면접, 토론 면접에서 살아남은 사람들만 2차 면접의 대상자가 되는 것이기에 경쟁률이 높지 않은 경우가 많은 것이다.

이런 상황에서 혹시 (나 말고) 누군가가 결시를 하게 된다면 내가 단독 후보자가 될 수도 있는 것이다. 물론 단독 후보 라고 해도 반드시 합격하는 것은 아니고, 적합한 후보자로 면접을 통해 증명이 되어야 입사 가능한 것이기에 쉽지만은 않겠지만 그래도 여러 명의 타 후보자와 경쟁하는 것보다는 마음이 편하고, 어쩌면 합격 가능성도 더 높은 것은 부인할 수 없는 사실일 것이다. (어쨌든 회사는 채용의 필요성이 있어서 공고를 낸 것이니, 누구든 한 명은 채용해야 할 것이고, 이때 서류와 필기, 1차 면접을 걸쳐서 올라온 최종면접에서의 단독 후보자인 경우는 당연히 복수 후보자인 경우보다 합격 가능성이 높을 수밖에 없다.)

이는 정규직 채용뿐만 아니라, 기간제 근로자 채용 건도 마찬가지다. 특히나 기간제 근로자 채용 건의 경우에는 최종 면접자로 확정된 지원자들 중 상당 수가 면접에 참여하지 않는 경우들이 있다. 아무래도 기간제 채용이라서 관심을 덜 두고 참여하지 않은 것이겠지만, 해당 기업의 정규직 채용에서 서류전형과 1차 면접을 합격하고 최종면접만 남겨두고 입사를 코앞에 둔 후보자가 바로 그 기간제 채용으로 근무했던 사람이었던 것을 그 지원자는 알고 있을까?

지금 당장은 기간제 채용일 뿐이지만, 그 기간제 채용을 성실하게 수행하면 정규직 입사 때 가점이 부여되는 경우가 많다. 채용연계형 인턴이 아니라, 체험형 인턴인 경우도 마찬가지이다. 체험형 인턴인 경우에도 인턴 수행 시 우수자는 정규직 채용 때 가산점을 받는다. 비슷비슷하게 우수한 지원자들 사이에서 가점 10점을 받는 것은 크게 실수하지 않는다면 합격으로 가는 지름길일 수 있다. (내가 아는 한 지인도 대학 때 서포터스 활동에서 1등을 했고, 그 활동을 했던 1 금융권에 (서류전형을 면제받고 면접만을 통해) 입사했다.)

그러므로 인턴 채용이든, 기간제 채용이든 일단 면접대상자가 된다면 꼭 면접에 참여하도록 하자. 면접 이후 다른 더 좋은 채용 건에 합격해서 그곳으로 입사한다면 그것 또한 잘 된 일이지만, 그렇지 않다면 망설이던 그 일을 성실하게 수행하는 것이 더 좋은 길을 열어줄 문이 될 수 있다는 사실을 잊지 말자.

그리고 이 모든 것을 차치하고서라도 면접은 지원자가 자신을 프레젠테이션 해 볼 수 있는 소중한 기회이다. 좋은 기업에 입사하기 위해 모의 면접도 참여하는 데, 실전 긴장감을 가지고 임해 볼 수 있는 면접 기회를 왜 허공에 날리는가?

지원자가 현재 면접에서 본인 단독인지 여러 후보자와 경쟁 상태인지 정확하게 알 수는 없겠지만 면접은 성실하게 참여하는 그 자체만으로 본인에게 소중한 기회라는 사실을 깨닫고 꼭 당일에 결시하거나 지레 짐작하고 면접을 포기하는 일은 없기를 바란다.

마음껏 직설적으로 말해도 되고, 시간약속에 늦어도 뭐라 할 사람 없고, 언제든 휴가를 떠나도 될 만큼의 능력을 갖추기 전까지는 예의바르게 행동하고 시간을 엄수하고 정말 열심히 일해야 한다.

- 애쉬튼 커쳐, 배우. 투자자

내가 해보지 않은 것을 질문할 때 어떻게 할까?

평소에 지론은 "이직에 있어서 가장 중요한 것은 본인의 전문성을 살리는 것이어야 한다"이지만 간혹 여러 가지 상황상 약간의 분야 또는 직무상 차이가 있는 포지션에 지원하게 되는 경우가 있다. 사실 내가 기존에 해왔던 업무와 새로운 회사에서의 업무가 완벽하게 일치하는 경우는 드물다. 그런데 회사는 그 포지션에서 필요한 업무를 다 해본 사람을 원한다. 이럴 경우 어떻게 해야 할까?

A는 영어도 능숙하고 미주 지역에서의 해외영업 업무를 전문으로 해온 실력 있는 경력자이다. 현재 회사의 입지가 불안정하고, 업무가 다소 관리에 치우쳐 있어서 안정적인 직장에서 경력을

심화하고자 이직을 준비하고 있고, 미주 지역에서의 해외영업을 담당하는 업무라면 다 잘 해낼 자신이 있다. 마침 A가 입사하고 싶은 B 회사에서 채용 공고가 나왔다는 사실을 접했고, 그는 성심을 다해 이력서를 작성하여 지원해서 서류를 통과했고 면접을 보았다. 현재 A는 매출액 5천억 원의 견실한 회사에서 재직 중이나 A가 면접을 보는 B기업은 매출 3조 원을 넘는 성장세에 있는 대기업으로 A는 장기적인 관점에서 B 기업에 입사를 원했다.

담당하는 업종에도 미세한 차이가 있기는 했으나, 전자 제품을 판매한다는 점에서는 동일했고, 미주 지역을 담당하고 있다는 점에서 A는 좋은 점수를 받은 것으로 보였다. 면접에 임하는 태도도 훌륭했다. 회사에 대하여 충분히 리서치하였으며, 본인의 이력서에 기재된 내용에 대하여는 성과를 위주로 거의 외우다시피 준비했다. 다만 A는 지금 B2B를 담당하고 있으나, B기업은 B2C를 주로 하는 기업이라는 것이 큰 차이였다. 1차 면접을 통과하고 최종 면접까지 진행되었으며, 성실하게 임했다. 그런데 역시나 2차 면접에서 담당 임원이 질문했다. "B2C를 해본 적이 없는데, 잘할 수 있을까요?"

A는 대답했다. "현재 재직하고 있는 기업에서도 새로운 부문에 도전하고, 또 그 도전에 있어서 성과를 착실하게 달성해 왔습니다. B2C 업무를 담당했던 적은 없지만 충분히 원하시는 만큼의

성과를 낼 수 있습니다."

A의 대답에서 약간의 아쉬운 점이 있다면 무엇일까? 물론 "이력서에 B2B 만 한 거 다 나와 있는데 왜 자꾸 B2C 해봤냐고 물어봐? 그러려면 뭐 하러 면접 보자고 했어?"라는 생각이 들 수도 있다. 이력서에 B2B만 기재되어 있기는 하지만, 그럼에도 불구하고 A를 한번 더 만나보고 싶을 만큼의 다른 요인들이 분명히 있었을 것이고, 담당 임원은 그래도 뭔가의 일말의 기대를 품고 물어봤을 것이다. 그리고 그 기대란 혹시 있을지도 모를 B2C에 대한 것들일 것이다. 이때 담당 임원의 기대를 충족시켜 주기 위해서 A가 뭔가를 준비할 수 있었다면 면접 전에 B2C 영업에 대한 상세한 조사를 하는 일이었을 것이다. B2C 영업과 B2B 영업의 차이점에 대하여 조사하고, B2C를 담당하기 위한 자질들, 성과를 내는 방법들에 대하여 인터넷이나 책 등을 통하여 알아보고 자신에게 적용해 보는 것이다. 그리고 지원하는 분야와 비슷한 분야에서 일하는 친구가 있다면 그 친구에게 어떤 역량이 필요하고, 실제로 그 친구는 일을 할 때 어떻게 하는지에 대하여 질문할 수도 있을 것이다.

결론은 어떻게 해서든 마치 B2C를 담당해 본 사람과 같은 마인드와 역량을 탑재하고 면접에 임해야 한다는 것이다. 이직에 있어서 언제고 변하지 않는 것은 기업에서는 딱 맞는 사람만 찾는다는 것이다. 딱 이 업무를 해 본 사람, 딱 적합한 사람을 찾는다. 그러므로 내가 설사 그 업무를 해보지 않았다고 해도, 나는 면접 보기 전까지 사전에 만반의 준비를 통해 마치 그 업무를 해 본 사람에 버금가는 지식과 노하우가 축적되어 있어야 할 것이다.

출제자의 의도를
파악하세요

"기획이나 마케팅 직무 같은 경우에는 '콘텐츠 기획 내용 vs. KPI, PIS 등 수치' 결과가 있다면, 이 중에서 어느 것에 더 비중을 두는 것이 좋을까요?"

이러한 질문이 왔을 때 헤드헌팅을 진행하면서 만나는 수많은 지원자들에게 늘 나는 면접 시 이렇게 대답하라고 코칭한다.

"이력은 성과를 중심으로 말씀을 하시는 것이 좋아요. 내용과 함께 수치 결과도 말씀해 주시는 것이 좋죠. 같이가되, 비중을 둔다면 성과, 성취내용, 일의 결과, 피드백 등을 위주로 말씀해 주세요"

경력직 이직에 있어서 스펙이란 바로 본인이 해왔던 업무이다.

경력직 채용은 바로 업무에 투입해서 성과를 달성할 수 있는 사람을 원하기 때문에 그 무엇보다도 직무의 적합성이 채용을 판가름하는 가장 중요한 요소가 되기 때문이다. 물론 사람이란 새로운 환경에 적응해야 하는 시간도 필요하기 때문에 업무에 투입된다고 해서 바로 엄청난 성과를 달성하기는 현실적으로 어렵지만, 이론적으로는 그렇다. 그러므로 경력직으로 이직하기 위해서 내가 가장 어필해야 하는 것은 내가 지금까지 어떠한 성과를 달성해 왔는지를 이야기해 주는 것이 기본이라고 할 수 있을 것이다.

그런데 아무 성과나 이야기 한다고 좋은 점수를 받을 수 있을까? 성과를 말하기 전에, 이직을 위한 이력서 작성이나 면접 준비에 있어서, 가장 중요하게 명심해야 하는 것은 인재 채용의 과정에 있어서 문제를 내는 사람은 바로 기업이고, 지원자는 그 문제를 해석해서 올바른 답을 내는 사람이라는 사실이다. 나의 이력 중에서 어떠한 점을 강조하는 것이 좋을까라는 점에 있어서, 가장 고민해야 할 부분은 바로 기업에서 어떤 이력을 가장 원하고 있는가를 먼저 정확하게 파악하는 것이다. 어느 시험이든 출제자의 의도를 파악하는 일이 선행되지 않으면, 결코 정확한 답을 제시하기 어렵다.

다만, 간혹 어떠한 경우에는 문제를 내는 사람도 자신이 원하는 것이 무엇인지 모르는 경우가 있고, 실제로 자신이 원하는 사항을 문제에 제대로 드러내지 않는 경우도 많다는 사실이, 입사를 원하는 지원자들에게 힘들게 느껴질 수 있는 부분일 것이다.

이러한 경우 유능한 헤드헌터는 기업, 즉 채용에 있어서의 출제자의 의도를 정확하게 파악하는 것을 업무의 첫 번째로 삼는다. 그리고 이러한 과정을 거쳐서 혹 문제가 잘못되어 있을 경우 기업에 이를 알리고 조언하여 바로잡는 역할을 하기도 한다. 그러므로 만약 이직 시 서치펌의 헤드헌터를 통해 헤드헌팅으로 진행하고 있다면 이러한 부분에 대하여 헤드헌터의 도움을 받을 수도 있고 이는 지원자가 원하는 기업에 입사하는 데에 있어서 큰 도움이 될 수 있을 것이다. 하지만 만약 그렇지 않다면 스스로라도 해당 기업에 대하여 조사하여 과연 기업에서 정말로 찾고 있는 인재는 어떤 사람인지에 대한 정보를 우선 획득하여야 한다.

기존의 내가 가진 이력들은 성과를 중심으로 어필하되, 많은 이력 중에서 어느 부분을 강조할 것인지는 기업에서 원하는 사항을 정확히 파악한 후 대응해야하고, 이럴때에야만이 취업 및 이직 성공이라는 과실을 달게 맛볼 수 있을 것이다.

출제자의 의도를 파악하는 방법 1 :
조직도를 확보하라

출제자의 의도를 파악하는 방법 중 하나는 조직구조에 대하여 이해하는 것이다. 조직도는 대부분의 회사에서 대외비이기 때문에 확보하기가 어렵지만 만약 조직 구조에 대하여 이해를 할 수 있다면 "대체 이 포지션에서 요구하는 것이 무엇인지"에 대하여 보다 명확하게 알고 준비할 수 있다.

회사의 홈페이지를 방문하여 그 홈페이지에 게시되어 있다면 다행이고, 채용공고를 자세히 살펴보면 은근히 조직 구조에 대한 그림이 그려지는 경우들이 있기도 하다. 만약 헤드헌터를 통해 이직한다면 헤드헌터에게 최대한 이러한 정보를 요구하는 것도 방법이다. 많은 기업들이 거의 대부분의 채용을 수시채용으로 진행하면서, 결원이 생긴 부서에서 경력직 채용을 진행하고, 사업부가 어디냐에 따라서 굉장히 비슷한 업무인데도 여러 부서에서 채용을 따로 진행하고 있기도 하다. 이 경우 해당 부서의 상황과 특징에 따라 다른 부서에 지원했다면 떨어졌을 사람이 채용되기도 하는 경우들이 생긴다.

D 기업도 매출 2조 이상의 대기업으로, 사실 B 후보자는 이전에 이 회사에 지원한 이력이 있었다. D 기업의 경우 (기존에 지원했던 사업부와) 다른 사업부라면 재 지원이 가능하기에 나는 추천을 강행했다. B후보자가 비록 이전에 D 기업에 지원해서 탈락한 이력이 있었지만, 이번 포지션을 채용하는 부서에서 요구하는 역량은 (이전에 B가 지원했던 부서에서 요구하는 역량과) 약간 달랐다. D 회사의 경우 국내 사업을 담당하는 사업부와 해외 사업을 담당하는 사업부가 아예 별도의 사업부로 근무지의 위치도 달랐는데, B 후보자는 동일한 아이템을 개발하는 직무에 지원했지만, 이전에 지원했던 부서는 국내 사업을 담당하는 사업부였고, 이번에는 수출사업을 담당하는 사업부였다.

사실 그 후보자가 해당 아이템의 수출용 제품 개발을 담당한 기간은 얼마 되지 않았지만, 최근 경험이었고, 무엇보다 해당 직군이 후보자 풀이 거의 없는 희소한 직군이었기에 나는 가능성을 가지고 추천했다. 그리고 두 번의 면접을 걸쳐 B후보자는 합격 통보를 받았고, 처우도 한번 더 협의를 거쳐 희망하는 수준에서 입사하게 되었다. B후보자의 사례는 동일한 업무를 하는 포지션이었지만, 국내용 사업을 하는 포지션에서는 서류에서 탈락하고, 수출용 사업을 하는 포지션에서는 합격한 사례로 의미가 있었다. 내가 지원한 포지션이 조직 내에 어느 위치에 속해 있는지를 파악하는 것이 필요하다는 인사이트를 남겨준 사례였다.

출제자의 의도를 파악하는 방법 2:
해당 직무에서 무엇이 가장 중요한지를 파악하라

요구하는 것들 중에서 가장 필요한 한 가지는 무엇인가?

J.D.(job description)을 살펴보면 입사해서 담당하게 되는 업무, 자격 요건 등이 기재되어 있다. 보통은 몇 가지의 담당업무와 자격요건, 우대요건 등이 기술되어 있는데, 이 중에서도 해당 채용에서 가장 중요하게 생각하는 업무, 기술, 요건은 또 따로 있는 경우들이 종종 있다. 입사해서 담당해야 할 업무는 1~4가 맞지만, 이 중 이 포지션에서 이번에 꼭 필요한 사람은 특히 2번 역량을 갖춘 사람인 상황일 수 있는 것. 이런 상황을 사전에 파악할 수 있다면 시간 낭비를 줄이면서, 효과적이고 성공적인 결과를 만들어 낼 수 있다.

너무너무 A 기업에 입사하고 싶어 하는 후보자가 있었다. P 후보자는 지방에 소재한 국립대를 졸업하고, 공기업 준비를 하느라 대학을 졸업하고 공백이 좀 있어서 동일한 연배의 타 후보자들보다 경력기간도 좀 짧은 편이었다. 현재는 작은 중소기업에 다니고 있던 P 후보자. 나와 인터뷰를 진행하면서, 회사에 대한 내용을 설명드리니, 후보자는 내게 이렇게 말했다. "저, 제게 A 기업 어필은 안 해 주셔도 되셔요. 저는 정말 거기 입사하고 싶어요. 제가 사실 이직 준비 시작한 지 얼마 안 되었는데 너무 큰 기업에 지원하고 면접 보게 되어서 너무 떨려요. 진짜 합격하면 좋겠어요"

사실 P 후보자는 그 포지션에서 제시한 〈담당업무〉에 정확하게 부합하는 후보자는 아니었다. 담당업무가 1, 2, 3 이렇게 있다면 그 후보자는 그중에 한 가지 업무에 특화되어 있을 뿐 다른 업무는 경험해 본 적이 없었다. 다만 관련된 학과를 졸업했으므로, 충분히 다른 업무들도 수행할 수 있음을 어필해 달라고 요청했다. 그리고 내게 얘기해 주시는 것처럼 "A기업에 꼭 입사하고 싶은 마음이 면접관에게도 전해질 수 있도록, 면접 중에 어떻게든 꼭 기회를 만들어서 어필하시라고. 사람 마음은 다 전해지는 것"이라고 말씀드렸다.

내가 P 후보자가 A 회사에서 제시한 담당업무를 전부 해보지는 않지만 추천을 감행했던 이유는 P 후보자가 경험했던 그 후보자의 특화된 업무가 현재 이 포지션에서 가장 주요하게 생각하는 업무일 것이라고 추정했던 것에 있었다. 인사팀에 "이번 채용에서 어떤 업무가 가장 중요한가" 물어봐도 "해당 J.D. 상의 업무를 경험하신 분"이라고만 답하니, 정확히 알 길은 없었다. 다만 해당 포지션의 경우 바로 얼마 전에 M&A에 특화되신 분을 채용한다고 했던 적이 있었고, 당시 채용 J.D.상 우대사항에는 M&A 내용이 포함되어 있었다. 그리고 이번에 새로 변경된 J.D.에는 새롭게 추가된 우대사항이 있었는데, 바로 Compliance였다. 나는 채용 타이틀도 동일하고, 담당업무도 동일한데 우대사항에서 변화가 있음을 감지하고, 이번 채용에는 바로 새롭게 추가된 우대사항인 Complianc가 가장 중요하지 않을까 추정했다. 그리고 Compliance에 특화되었지만, 해당 과를 졸업하여 해당 직종의 타 업무 또한 수행이 가능한 인력으로 추천을 진행한 것이었다. 그리고 면접 때 너무 긴장해서인지 엄청 떨었다는 P 후보자는 마침내 합격 통지를 받았다.

출제자의 의도파악은 이래서 중요한 것이다. 간혹 면접에 오라고 해서 가보면 나는 마케팅을 주로 했는데 이 포지션은 홍보를 담당할 사람을 뽑고 싶어 하는구나, 하는 등의 느낌을 받는 경우들이 있다. 이런 경우를 방지하기 위해서 정확하게 어떤 사람을 채용하고자 이 포지션을 오픈한 것인지를 알 수 있다면 정말 좋다. 그것이 회사의 전체 조직도 내에서 어느 위치에 있는 사업부에서 포지션을 오픈한 것인지, 그리고 회사의 채용 히스토리 상이번에 가장 주요하게 생각하는 역량이 무엇인지 등 포지션의 배경에 대한 사항을 보다 상세하게 알 수 있다면 합격률을 올릴 수 있을 것이다. 그런데 출제자의 의도를 파악하는 일이 헤드헌터를 통한 채용이 아닌 이상 쉽지 않다는 것이 조금 아쉬운 부분이긴 하다. (그래서 실제로 나를 통해 지원하신 분들 중에는 본인은 헤드헌터를 통한 채용만 지원하신다는 분도 있었다.) 다만 헤드헌터를 통하여 지원한 것이 아니라고 해도 회사의 홈페이지, 블로그 등 오픈된 정보를 통하여 최대한 상황을 파악하려는 노력을 계속하는 것이 출제자의 의도를 파악하는 데에 상당한 도움을 줄 것이다.

면접관이
그룹 오너라고요?

간혹 그룹 오너와 면접을 보는 경우들이 있다. 임원급이 아닌데 그룹 오너와의 면접은 무엇을 의미할까? 그것은 지금 진행하고 있는 바로 그 직군이 해당 회사에서 굉장히 중요시하는 포지션이라는 뜻일 것이다. 한마디로 '요직'일 수 있다는 것이다. 어느 회사든 임원이 되는 사람들은 특진, 발탁을 거쳐서 승진하고 회사 내부에서 '요직'만을 두루 거친다. "이 한 몸 고생해서 가족들을 국제화시킨다"는 사명감을 가진 많은 직장인들이 선호하는 해외 주재원 근무에서 하나의 단점이 있다면 그것은 '본사에서 멀어지는 것'이라고 하지 않던가? '요직'에 근무한다는 것은 그 회사에서의 성공을 보장하는 하나의 단서일 것이다. 그리고 몸 담고 있는 조직에서의 성공이 나의 그 다음 step을 보다 용이하게 해 줄 것은 당연하다. 그러므로 만약 진행하는 포지션에서 그룹 오너의 면접이 예정되어 있다면 이를 기쁘게 받아들이고 만반의 준비를 다해야 한다.

'적을 알고 나를 아는 것'이 모든 전쟁의 기본이라고 한다면 그룹 오너 면접에 대비하여 우리는 오너의 입장에서 무엇을 원할지에 대해서 우선 생각해 보는 것이 필요하다. 월급쟁이 직장인, 샐러리맨 사장이 아닌, 오너의 입장에서 어떤 직원을 채용하고 싶을지를 고민해 보는 것이다.

내 배 아파 낳은 자식은 그 무엇과도 비교할 수 없는 것처럼, 오너에게 자식과도 같을 회사는 아마 무한한 애정의 대상일 것이다. 그리고 우리가 그와 함께하고 싶다면 그의 사랑의 대상에 대하여 나도 함께 사랑하여야 한다. 사랑하면 알게 되고 알게 되면 사랑하는 것처럼, 오너가 사랑하는 그 대상에 대하여 깊이 알수록, 나도 그 사랑에 더욱 쉽게 공감할 수 있을 것이고, 이러한 마음가짐은 면접에서 다 드러난다.

약간의 긴장감이 감도는 상태에서 꼬리에 꼬리를 무는 면접 질문들을 사이사이로 빠져나가 끝까지 거짓을 이야기하는 것은 굉장히 어렵다. 우리는 면접장에서 진실이 아닌 것은 그대로 뱉어내게 된다. 그러므로 면접관의 마음에 들기 위해서는 그가 사랑하는 그 대상에 대하여 많이 알아보고, 그러면서 진심으로 그 대상을 사랑해야 한다. 오너가 사랑하는 대상이란 그와 한 몸과도 같은 회사, 그룹 전체일 것이므로, 지원자는 지원하는 회사에 대한 사항뿐만 아니라 그룹 전체에 대한 이해를 어느 정도 갖추고 면접에 임해야 한다. 그리고 그룹에서 무엇을 지향하는지, 인재상은 어떠한지, 그룹의 철학과 비전에 공감할 수 있어야 할 것이다.

그룹 전체에 대한 이슈, 해당 직종에 대한 이슈, 그리고 해당 그룹이 속한 업종에 대한 최근 이슈, 발전 가능성 등에 대하여 본인이 스스로 설명할 수 있는 정도가 되어야 하고, 이를 본인의 꿈, 커리어 목표와 연결시켜서 이야기해 낼 수 있어야 한다. 왜 내가 이 회사에 입사해야 하는지, 왜 이 회사에서 일하고 싶은지에 대하여 자신의 과거와 미래를 연결시켜서 자연스러운 과정 속에 녹여내야 한다. 나는 이 일에 대하여, 이곳에 대하여 소명의식을 가지고 있고, 이 일을 하는 것이 내가 사회에 기여할 수 있는 일이므로 충분한 보람을 가지고 장기적으로 업무에 임할 수 있음을 말할 수 있어야 하는 것이다.

또한 기본적으로 만약 최종 면접에 오기 전까지 이전 1차, 2차 면접에서 아쉬웠던 점이 있었다면 해당 부분에 대하여 만반의 대비를 하여야 한다. 최종 면접인 만큼 직무역량에 대하여는 어느 정도 검증이 된 것이므로 자신감을 가져도 좋다. 하지만 경력직 면접인 만큼 해당 직무에 대하여 충분한 역량을 갖추고 있음을 어필해야 하는 것에는 여전히 변함이 없다. 오너 면접임에도 많이 긴장하지 않고 자연스럽게 성공적인 면접을 이끌어 내기 위해서는 '웃으면서 해당 포지션에는 바로 내가 적임자' 임을 말할 수 있어야 한다. 그리고 이것은 자신감의 발현에 다름 아닐 것이다.

최종 면접까지 다다른 것은 분명 축하할 일이지만, 이 면접에서도 탈락자는 발생하기 마련이다. 그리고 또한 합격자도 있을 것이다. 나는 바로 당신이 승리를 거머쥐고 이번 면접을 통해 새로운 도약을 위한 기회를 마련할 수 있기를 응원한다.

왜 최종면접에만 가면 떨어질까요?

당신의 관심을 표현하세요

왜 최종면접에만 가면 떨어지는 것일까? 왜 나와 같이 본 다른 사람이 합격하고 나는 떨어지는 것일까? 대체 그가 나보다 더 나은 것은 무엇이었을까? 많은 구직자, 취업 준비생들이 면접에서 고배를 마신다. 모든 케이스가 각각 다르기에 그 해결책도 개별로 다 다를 수밖에 없겠지만, 혹시 당신이 계속 최종에서 떨어진다면 나는 이 방법도 써보길 권해보고 싶다.

한 대기업 신입사원 채용 면접에서 있던 일. 몇 명의 지원자들이 함께 면접을 보는 중에 다소 튀는 발언을 했던 지원자가 있었다. 면접관이 던졌던 어떤 질문에 A는 "00 기업은 이대로 가다가는 곧 망할 겁니다."라고 답한 것이다. 황당할 수 있는 대답에 면접관은 A에게 왜 그렇게 생각하는지 추가 질문을 던질 수밖에 없었을 것이다. 그리고 그에 대해서 A는 자신이 준비해 온 나름의 자료와 함께 자신만의 프레젠테이션을 할 수 있는 기회를 얻었다. 함께 면접을 보는 다른 지원자들보다 당연히 더욱 눈에 띌 수밖에 없었을 것이다.

그리고 이후 결과가 발표되었을 때 함께 면접을 보았던 지원자들 중에서 A가 합격통보를 받았다. 사실 아직 기업 경험도 없고 회사 내부사정을 알지 못하는 신입 지원자가 언급하는 내용이 해당 기업에서 수 십 년을 일한 베테랑 면접관들에게 얼마나 실효성 있게 들릴 수 있을지는 당연히 의문일 것이다. 아마 당연히 그 내용은 어설펐을 것이고, 이미 면접관들이 수십 번은 더 접했을 내용이어서 그다지 신선하거나 창의적인 새로운 시각은 아니었을 수도 있다. 기업의 임원들이 "00 기업은 곧 망할 겁니다."라고 답했던 A를 합격자로 택했던 것은 대체 어떤 이유 때문이었을까?

이러한 상황이 비단 신입사원 채용에서만 발생하는 것은 아니다. 경력직 채용, 임원급 채용에서도 마찬가지이다. 어떤 지원자는 임원 면접, 대표 면접, 오너 면접을 대비해서 자신의 과거 이력, 경험뿐만 아니라, 지원한 기업의 매출 증대 전략까지 면접 때 발표할 자료를 준비하기도 한다. 신입 사원이 아니라 아무리 다년간의 직장경력을 가지고 있는 베테랑 경력자라고 하더라도 지원한 기업의 내부 사정을 정확하게 알 수 없기 때문에 준비한 면접 자료가 완벽할 리 없다. 그리고 해당 기업의 대표 앞에서 그러한 완벽하지 않은 내용을 발표하는 것은 굉장히 조심스러울 수밖에 없을 것이다. 더군다나 해당 내용이 회사에서 따로 요구했던 내용도 아니라면 괜히 긁어 부스럼 내는 것은 아닐까 싶기도 할 것이다. 또한 모든 면접이 합격을 전제로 하는 것은 아니기에 굳이 요청하지도 않은 면접 자료를 사전에 준비하는 것이 시간 낭비라고 느껴질 수도 있을 것이다.

하지만 이 모든 귀차니즘을 극복하고 B는 최종면접을 준비하며 해당 회사에 포커싱 한 면접자료를 준비했다. 그리고 이 자료는 헤드헌터를 통해 면접관들에게 사전에 배포될 수 있었고 그는 타 면접자들보다 더욱 많은 관심을 받아 심지어는 예정된 면접 시간보다 더 긴 시간 동안 면접이 진행되었다. 당연히 그가 사전에 제출한 자료는 집중적으로 면접 때 논의 되었다.

연차가 오랜 경력자일수록 대리 과장급에 비해 연봉이 높을 것이다. 그렇다면 그는 내가 이 연봉에 대한 값어치를 충분히 할 수 있다는 것을 면접에 증명할 수 있어야 한다. 연봉이 낮은 몇 명의 대리 과장급을 뽑는 것보다, 비록 그들보다 높은 연봉이지만 나를 채용하는 것이 훨씬 더 이득이라는 것을 회사에 보여주어야 하는 것이다. 시니어들에게 면접 기회는 바로 이런 방식으로 활용되어야 하는 것이다.

최종면접에서 합격을 거머쥐기 위해서 내가 얼마나 괜찮은 사람인가만 표현하는 것으로 2% 부족할 때는, 내가 가진 당신에 대한 관심으로 나를 표현하는 것에 한번쯤은 도전해 보는 것이 어떨까? 어쩌면 최종합격을 부르는 가장 효과적인 방법이 될 수도 있을 것이다.

AI 면접에 임하는
자세

코로나 바이러스가 우리 주변에 만개하게 된 이후부터 우리는 언택트 삶에 적응하고 있다. 안 그래도 인터넷의 등장과 함께 시작된 Digital Transformation이 가속화되어 이제는 삶의 모든 영역에 적용되는 중이다. 심지어는 채용 면접에도 디지털은 이미 들어와 있다. 이전에도 해외에 있거나 원거리에 거주하고 있는 후보자의 경우 사측과의 면접에서 화상으로 진행하는 경우가 있었는데, 이제는 같은 지역에 거주하는 경우에도 서류 합격 후 AI 면접을 먼저 진행하는 것이다.

내가 속해 있는 서치펌인 커리어앤스카우트에서 진행하는 채용 포지션 중에도 AI 면접을 진행하는 기업들이 있는데 생각보다 이 AI 면접의 합격률이 높지 않다. 인사팀에서도, 헤드헌터도, 지원자도 모두 생소한 면접이 바로 AI면접이다.

"AI 면접에 대한 준비는 좀 하셨어요?"

"준비할 게 뭐 있나요? 그리고 화상면접도 많이 봐보고 해 가지고요."

화상 면접과 AI 면접은 절대 같지 않다. 가장 중요한 차이는 화상면접은 같은 공간에 있지 않을 뿐이지 면접관이 사람이지만, AI 면접의 경우 면접이 사람이 아니라 인공지능이라는 것이다. 누구나 아는 이 차이가 아주 큰 차이인 것이다.

AI 면접은 사람과의 면접이 아니기 때문에 언제든지 인터넷과 연결된 PC만 있다면 진행할 수 있는 것이 보통이다. 통상 60분 정도 소요되고 PC에 카메라가 장착되어 있어야지 진행이 가능하다. 녹화도 진행되므로 이에 대하여 인지 후 면접에 임해야 하고, 정해진 시간 내에 질의응답의 형태로 집중력 있게 인터뷰를 할 수 있도록 필요한 시간과 장소를 확보해야 한다.

AI 면접의 경우 우선 기본적인 본인 소개, 인적성 검사의 형태로 진행되는 경우가 많고 시간 내에 답을 해야 하고 스피디하게 진행되므로 당황하지 않도록 미리 예상 질문에 대한 대답을 준비해 놓는 것이 좋다. 상황에 대한 문제, 게임 형식의 문제가 제시되는 경우도 있는데 면접에 자주 나오는 질문들을 정리해서 한번씩 미리 연습해보고 실제 면접에서는 장황하지 않게 두괄식으로 대답하는 것이 중요하다. 길게 얘기하는 것보다 (아마도 미리 셋팅되어 있을지도 모를) 필요한 핵심 단어, 핵심 내용이 포함되는 것이 채점의 주요요소가 될 것이기 때문이다.

사실 사람이 면접을 보면 어떤 질문에 대하여 면접자가 조금 당황을 해도 또 만회할 수 있는 기회가 주어지기도 하고, 그런 부분에서 다시 높은 점수를 얻을 수 있기도 하다. 하지만 냉정한 인공지능은 그렇지 않다. 본인이 원하는 질문에 대한 답이 없을 경우 가차 없으며, 다음 질문에서 넘치는 정도의 발언을 했다고 해도 이전의 실수를 만회할 수 있는 기회는 없다.

사람은 완벽할 수 없어서 완벽하지 않은 타인을 어느 정도 이해하고 보듬어 줄 수 있지만, 완벽하고 냉정한 AI는 그렇지 않다는 것을 기억해야 한다. 냉정한 인공지능의 마음에 들기 위해서는 그가 나를 만나기 전 미리 준비해 놓은 답변에 어느 정도 부합하는 대답을 하는 수밖에 없다. 준비하자.

온라인 화상 면접은
어떻게 준비할까요?

코로나 바이러스 이후 우리 생활은 상당 부분 예전과 다른 양상을 보이고 있다. 그중 가장 대표적인 것이 생활의 온라인 화. 오프라인으로 이루어지던 많은 사항이 온라인에서 이루어지고 있고 우리는 대면보다는 비대면으로 필요한 대부분의 것들을 해결하고 있다. 채용에서도 예외는 아니어서 면접 또한 비대면으로 상당 부분 이루어진다.

코로나 이전에는 비대면 화상 면접이란 후보자(지원자)가 해외에 거주해서 대면 면접이 불가할 경우에만 실시되거나, 외국계 기업의 면접으로 면접관이 해외 본사 등에 위치한 경우가 대부분이었다. 하지만 최근에는 후보자와 면접관의 거리상 대면면접이 가능한 경우에도 수 차례에 걸친 화상면접으로만 합격자를 선정하는 경우도 많고, 1차 면접은 비대면으로 실시한 후 1차 면접 합격자에 한하여 대면 면접을 추가로 실시하는 경우도 많다.

면접이라는 특성상 어느 정도 긴장감이 있을 수밖에 없는데, 온라인 화상 면접을 처음 접해보는 후보자들의 경우 새로운 방식의 면접에 대하여 더더욱 걱정이 될 것이다. 온라인 화상 면접 시 주의해야 할 점은 무엇일까?

1. 기본 면접 준비

온라인 화상 면접의 경우에도 오프라인 대면 면접과 동일하게 그 무엇보다도 면접자의 콘텐츠가 중요하다. 면접에서 면접관에게 좋은 인상을 줄 수 있는 자신만의 무기가 있어야 한다는 것이다. 자신의 경력을 돌아보고 어필할 수 있을 만한 포인트들을 성과를 중심으로 풀어낼 수 있어야 한다. 기본적인 면접 준비는 대면, 비대면을 가리지 않고 중요하다.

2. 늦지 않기

간혹 지원자들의 역량이 확연하게 차이가 나는 경우가 있기도 하지만, 많은 경우 다들 우수한 지원자들 사이에서 (근소한 차이로) 합격자를 선발해야 하는 경우가 더 많다. 그러니 늦어서는 절대 안 된다. 전날 술을 마시거나 하는 것은 절대 피하고, 컨디션 조절에 힘쓰자. 실제로 이런 일들이 생긴다. 한 지원자당 면접 시간이 많이 할당되지 않는 경우, 몇 분 늦는 것도 치명적이다. 실제로 면접장에 접속했지만, 늦어서 면접을 볼 수 없는 일들이, (설마 정말 그런 일이 있겠어?) 하는 일들이 생긴다.

3. 복장 및 헤어 등 준비

화상 면접 시 PC나 노트북의 카메라 위치를 조정하여 얼굴만 크게 잡히는 것은 지양하고, 되도록 얼굴을 포함한 상반신 정도는 노출되도록 하는 것이 보다 안정감이 있어 보인다. 따라서 하의는 차치하더라도 헤어, 상의 등은 준비를 해야 한다. 면접은 상대방을 처음 만나는 자리임을 감안하여 상의라도 되도록 정장을 준비하고 깔끔한 복장과 외모로 면접관을 만나야 한다.

복장은 당연히 정장이 좋다. 인턴이나 신입사원 면접일 경우 비즈니스 캐주얼보다는 아주 단정한 정장이 좋겠다. 여성분들의 경우 간혹 블라우스 등만 입고 면접에 임하는 경우가 있는데, 기왕이면 재킷이라도 입고 면접에 임하는 것이 좋겠다. 물론 면접의 내용이 가장 중요하지만, 면접관으로 100여 명 이상의 지원자들을 면접을 보게 되면, 그중에서 이상하게도 옷도 잘 갖춰 입은 분들이 면접 질문에 대한 준비도 더 잘되어 있다는 사실을 발견하게 된다.

4. 조용한 환경, 배경

면접을 치를 수 있는 조용한 환경을 미리 준비하고 있어야 한다. 외부의 소음과는 분리될 수 있는 곳이어야 하고, 화면을 통해 뒷 배경이 노출될 수 있는 만큼 화면에 비치는 배경에 대하여도 신경을 써야 한다. 집이라고 해서 뒤에 옷가지가 널려있거나 하면 곤란하다. 책이 놓인 책장 배경도 좋고, 아무것도 없는 깔끔한 배경도 좋다. 본인의 전문성을 어필할 수 있는 소품들이 있다면 이러한 물건들이 보이도록 배경을 구성하는 것도 좋겠다.

스터디 룸을 빌리는 것까지는 아니더라도 뒤에 보이는 배경에 신경을 쓰는 것이 좋다. 크게 영향을 미치는 사항은 아니라고 해도, 이상하게도 뒤에 배경까지 신경 쓴 듯한 지원자들이 면접 질문에 대한 콘텐츠도 좋은 경우가 많았다. 배경까지 신경 썼다는 것 자체가 면접을 위한 준비에 얼마나 신경 썼느냐의 반증일 테니 어쩌면 당연하겠다.

5. PC, 노트북의 카메라, 이어폰, 인터넷 연결 등 확인

상황이 여의치 않더라도 핸드폰으로 면접을 치르기보다는 PC, 노트북 등을 활용하는 것을 추천한다. 미리 인터넷 환경을 점검하여 면접 도중 연결이 끊기거나 하는 일이 생기지 않도록 하며, 간혹 이야기할 때 잡음이 섞이는 경우도 있으니 이어폰, 헤드폰 등을 준비하는 것도 좋은 방법이다.

또한 네트워크가 잘 연결되어 있는지 필수적으로 확인해야 한다. 화상 면접인 경우, 네트워크 확인 필수. 중간에 네트워크 문제로 연결이 끊긴 경우 좋은 점수 받기가 힘들다. 다른 지원자들의 경우 모두가 다 무사히 진행했는데, 해당 지원자만 연결이 끊긴다면 그것도 지원자의 준비 부족이라고 밖에 볼 수 없기 때문이다. 실제로 면접을 진행하다 이런 일들이 생기면 정말 그럴 때면 안타까운데 어쩔 수 없다. 무선은 잘 연결이 되다가도 갑자기 안되기도 하고 하니 꼭 유선으로 준비해야 한다. 실제로 이런 경우가 100여 명의 지원자 중에 1번 정도의 비율로 발생한다.

6. 메모, 발표 준비

핸드폰 대신 노트북이나 PC를 활용하여 면접을 치르면 메모를 할 수 있는 여건이 된다. 중요한 사항을 메모할 수 있도록 필기구나 노트를 준비하면 유용하다. 또한 시간적인 여유가 된다면 면접 전에 자신의 경력 사항 중 주요 사항을 요약한 포트폴리오를 미리 준비하여 화상 면접 때 발표하는 기회를 갖는 것도 면접에서 좋은 성과를 얻을 수 있는 방법이 될 수 있다.

다만 화상으로 보다 보면 중요한 내용을 미리 써놓고 싶다는 유혹이 당연히 있을 텐데, 써놓고 읽는 티를 너무 많이 내지는 말자. 당연히 감점된다.

7. 사전 연습, 당당한 자세, 시선 처리

이 모든 준비를 마쳤으면 한번 해봐야 한다. 처음은 누구나 다 떨리는 법이므로 사전에 미리 한번 연습을 해보는 것은 실전에서 긴장감을 줄여주는 데에 큰 도움이 된다. 당당한 자세와 진중한 시선처리 등은 자신감이 없다면 절대 발현되지 않는다. 사전에 많은 연습을 통해 긴장감을 누그러뜨리고 자신의 매력을 200% 어필할 수 있어야 할 것이다.

면접 코칭의 가치는 해당 포지션 연봉의 가치

　시청 공무원으로 재직하시다가 곧 정년을 맞이하시는 지인 분과 가끔 통화를 하게 되면 그분은 늘 내게 "면접 코칭, 이런 게 정말 필요한 것 같아요"라는 말씀을 가끔 하신다. 본인도 최근 어떤 면접에 참여하게 되었는데, 매번 면접관으로만 참여하다가 직접 면접자로 참여하려니 이만저만 떨리는 것이 아니더라는 것이다. 생각지도 못한 실수를 하게 되고, 미리 예상하지 못했던 질문이 나오니 당황했다고 하셨다. 그러면서 내게 이렇게 말씀하셨다. "그게 합격했으면 몇 천만 원짜리잖아요. 그러니 합격만 할 수 있다고 하면 코칭에 들어가는 돈 얼마가 아깝겠어요, 하나도 안 아깝지."

　그렇다. 보통 신입 연봉도 최소 3천만 원 이상이니, 취업, 이직 면접 코칭의 가치는 합격에 도움이 될 수만 있다면 정말 적어도 몇 천만 원의 가치를 가지는 일인 것이다. 단순히 당일의 면접을 잘 보는 것에 가치가 있는 것이 아니라, 그 코칭을 통해 합격해서 벌어 들일 수 있는 연봉을 생각한다면 그 가치는 절대 작지 않은 것이다.

헤드헌터는 기업과 계약을 맺고, 기업에서 요구하는 인재를 추천하는 일을 하는 B2B 비즈니스이지만 업무의 특성상 이직을 원하는 직장인들을 많이 접하게 되기 때문에 면접을 대비한 지원자 코칭이 자주 이루어지게 된다. 그러다 보면 사실 솔직히 이 후보자는 정말 잘 되었으면 좋겠다 하는 생각이 드는 경우가 종종 있다. 수많은 이력서를 보는 것이 나의 일이고, 그 이력서 중에서 어느 한 이력서는 유심히 보게 되고, 그 이력서의 주인공을 만나서 얘기를 나누다 보면 그의 인생이 그동안 어떻게 흘러왔는지를 어느 정도 알게 되는 것. 그리고 그가 지금 어떤 상황인지, 이 면접이 그에게 얼마나 중요한 것인지를 느끼게 되는 것이다.

이번에 진행했던 A가 그런 케이스였다. 그는 일을 마치고 저녁 8시가 되어서야 여의도에 도착했다. "아고, 여기까지 오시느라 너무 수고 많으셨어요." 했더니 그는 "당연한 일인데요 뭘"이라고 했다.

우선 해당 포지션의 그간의 진행 히스토리와 회사에 대한 간략한 상황들에 대하여 말씀드리고, A의 이력서를 보았을 때 면접관이 궁금해할 것들에 대하여 나름의 준비를 하게 했다. 이직사유,

지원동기 등 기본적인 면접 대비 사항에 대하여 준비하고, 이력서를 보면 어떤 질문이 나오게 될지를 대비하고 어떻게 대답하여야 이 포지션에 적합한 인재라고 확신하게 될지에 대하여 함께 고민했다.

그렇게 1시간여의 미팅을 마치고 그는 1차, 2차 면접을 진행했고, 마침내 합격, 해당 포지션에 입사했다. 내가 그랬다. "그래도 그날 저녁 늦게라도 여의도 오시기를 잘하셨죠?" 그리고 그는 "그럼요. 그냥 갔으면 또 버벅거렸을 거예요."라고 대답했다.

아무리 경력이 우수하고, 훌륭한 이력을 가진 지원자라도 면접은 또 다른 세계라서, 철저한 준비만이 답인 경우가 많다. 그리고 이 준비는 단순히 면접 1~2시간을 위한 대비가 아니라, 앞으로 1년, 아니 몇 년 동안 벌어들일 몇 천만 원, 또는 억 원의 값어치를 준비하는 시간이라는 것을 알아야 할 것이다.

> 만약 당신에게 마땅한 삶을 살 가능성을 키워줄 단 한 가지 조언을 남긴다면 바로 이것이다. 도움을 요청하라. 당신은 당신이 생각하는 것보다 훨씬 더 도움이 필요하다.
>
> - 마셜 골드스미스, 경영컨설턴트

참조 : 면접 준비 요령
(ISO 인증 대형 서치펌 커리어앤스카우트 활용 자료)

채용 시 가장 중요하게 생각하는 부분은 '직무적 경험과 지식', '입사 의지', '명확한 지원동기', '태도'입니다.

1. 자기소개
=> '3분 자기 소개 스피치' 준비하시기 바랍니다.

재직했던 회사에서의 직무경험 소개 위주로 준비하십시오.

예시)

안녕하십니까? 돌출된 귀! 경청 CS 달인 OOO입니다. 저는 TNT에서 3년 4개월 항공 특송 업무를 해오면서 OO 대기업 및 1백여 곳이 넘는 중소기업 항공 특송 수출 화물 OPERATION 및 CS 업무를 거쳐 최근 우체국 관련 CS업무를 담당해 왔습니다. 경력은 짧지만 B2B, B2C, C2C 등, 특송 화물 및 전자상거래 관련 물류 프로세스도 진행하면서 다양한 고객의 needs에 순발력 있게 대응 및 대처방안을 제시해 왔다고 자부합니다. 이러한 성실한 근무태도 때문에 2020년에는 우수 사원으로 뽑히기도 하였습니다. 글로벌 종합물류기업인 OO에서 제게 입사의 기회를 주신다면 그동안 제가 해왔던 CS업무 경력 및 강한 책임감과 부지런함으로 특송 운영팀에 꼭 필요한 자원이 되도록 노력하겠습니다. (2분 정도로 준비해 주세요.)

- 면접에 임하는 '지향점'을 잘 유념하시기 바랍니다.
(지향점, FOCUS —"귀사의 성장과 발전에 크게 기여할 준비와 자세가 되어 있다")

2. 경력 관련 내용

=> 통상 면접 시 거의 80%가 경력 관련 내용에 대해 질문합니다. 이력서에 기재된 내용은 모두 숙지하시고, 관련 질문에 대하여 설명할 수 있어야 합니다.

본 포지션 자격요건과 담당 업무 내용에 비추어 각 항목별로 본인의 과거 업무 실적/성과 등을 구체적인 에피소드를 활용하여 설명해 보세요!

기존 업무관련해서 자신만의 성과 내용을 만들어 보십시오.

또는, 업무 과정 중 생각지 못했던 문제가 발생했는데, 그 부분을 해결한 경험 등으로 1~2가지 내용을 준비하세요.

* 업무상 가장 힘들었던 점? (구체적인 사례를 통해 준비해 주세요)* 업무상 성취감을 느꼈던 점? (구체적인 사례를 통해 1분 정도

로 준비해 주세요.)

3. 이직사유

=> 전 회사 및 관련 동료를 부정적으로 말하는 것은 금물입니다. 어쩔 수 없는 상황에서의 이직이었음이 필요합니다. (다만 거짓으로 이야기하시는 것은 안 됩니다.) 업무 관련 전문가가 되기 위한 준비, 개인적인 어쩔 수 없는 사정, 이후 다시 적극적인 구직 활동 중이다 라고 말씀해 주세요.

4. 지원동기/ 입사포부

=> 본인의 경력개발 측면과, 기업 자체에 대한 지원동기, 두 가지 부문에서 답변을 준비하십시오.

=> 지원 포부를 두리 뭉실하게 말씀하시지 마시고, 5년 후 10년 후 어떤 일을 하고 싶은지 구체적으로 말씀해 주세요!

현재 본 업무의 전문가가 되기 위해 이러이러한 노력을 하고 있으며, 추후에는 업무 영역을 확장해 영업적인 부분으로도 업무 영역을 확장해 보고 싶다. 등(기업에서는 미래에 대한 구체적인 계획이 있는 분들을 좋아하십니다.)

해당 기업에 어떻게 기여할 수 있는지도 꼭 함께 말씀해 주시는 것이 좋습니다.

5. 성격의 장단점 및 가족관계

=> 업무와 관련한 본인의 성격상의 장점을 강조하시고, 단점은 장점
화 할 수 있는 것으로 이러이러한 단점이 있었는데 이렇게 극복하였
다. 등으로 말씀하시면 좋습니다.

또한, 갑자기 영업을 시키는 등 팀에서 어떠한 주어진 일도 해낼 수 있
는지?
=> 경험(구체적 사례 제시)에 비추어, 조직에서 필요하면 어떤 일이
주어져도 잘 해낼 자신이 있다.라고 말씀하실 수 있으면 좋습니다.

6. 바로 근무할 수 있는지? 출퇴근 질문

=> 현재 입사준비 완료. 현 거주지에서 출퇴근 가능. 이사도 고려하겠
다. 등

7. 희망연봉에 대한 질문이 있다면

 => 예시: 회사에 대한 비전과 그동안 본인이 해왔던 경력을 영업 쪽
으로 개발할 수 있는 곳이라 지원해서 연봉에 대한 것은 깊이 생각해
보지 않았지만, '동기부여를 위해서 최종으로 받았던 연봉보다는 배
려해 주시면 감사하겠고, 그만큼 결과를 낼 자신이 있다고'라고 말씀
해 주세요.

8.마지막으로 후보자에게 질문 시간이 주어지면

마지막 질문을 할 수 있는 시간이 주어지면, 회사에 대한 관심과 입사 의지를 표현할 수 있는 질문을 한 두 가지 정도 해주시는 것이 좋습니다. 궁금한 사항이 없다면 마지막으로 입사의지를 강조해 주셔도 됩니다.

예시: 입사하게 될 조직은 어떻게 되는지?

주의 사항: 복리후생, 연봉이나 근무 강도 등에 대해서는 면접자리에서 묻는 것은 지원동기가 퇴색될 수 있으니 지원자가 먼저 묻는 것은 좋지 않습니다.

* 기타 주의사항

- 면접장소에서 누구를 만나 뵙더라도 먼저 정중히 인사드리면서 좋은 인상을 심는 것이 개인 인성 판단의 기초가 됩니다.
- 최대한 예의 바르고 겸손한 자세를 유지하시기 바랍니다.
- 면접을 진행하는 인사팀 담당자분이 옆에서 계속 지켜보고 있다는 점 명심하시고, 인사팀 담당자분 (면접장소로 안내하시는 분)께 예의 바르고 절도 있게 좋은 인상 남기시는 것도 중요합니다.
- 면접관의 질문을 끝까지 잘 듣고 말을 빨리 하려고 하지 마시고, 천천히 하지만 진실되게 질문에 대답하시기 바랍니다.
- 최근에 읽은 책 3권, 가장 인상 깊은 구절, 개인 멘토 및 비전에 대하

여, 본인이 가지고 있는 인생관 및 세계관에 대한 준비 당부드립니다. (앞서 말씀드린 '면접에 임하는 지향점'을 명심하십시오.)

면접 철저히 준비하셔서 좋은 결과, 좋은 결실 있으시길 응원합니다.

컨설턴트 및 기업 인사 담당자들이 공통적으로 말하는
<면접에서 절대 하지 말아야 할 7가지>

1. 약속된 면접 시간에 사전 연락 없이 늦는 것
2. 질문에 대한 적절치 않은 대답을 하는 것 (ex : 직접적으로 답변하지 않고 돌려서 말하거나 장황하게 사유를 먼저 답하는 경우)
3. 예의에 벗어난 말투를 보이는 것
4. 단정치 않은 복장을 하는 것
5. 지원 기업의 내부 사정에 대해 지나치게 많이 알고 있음을 내비치는 것
6. 면접관으로부터 원하는 질문을 의도적으로 유도하거나, 면접관보다 더 많은 질문을 하는 것
7. 지나칠 정도로 자신감을 표현하는 것

우리가 원하는 직장에 들어가고, 원하는 일자리를 얻기 위해서는 보다 적극적으로 회사와 면접관에게 나를 광고해야 한다. 즉, 나를 팔아야 한다는 것이다.

그러면 나의 무엇을 팔아야 할까? 신입 채용이라면 나의 가능성을 파는 것이고, 경력 채용이라면 나의 전문성을 파는 것이라고 할 수 있을 것이다.

- 김경옥 저, 커리어독립플랜

몸값 상승 이직의
마지막 관문

최종합격? 축배는 아직!

레퍼런스 체크, 회사에 내 우군 2~3명 만들기!

"나는 물밑조사도 안 하고 시집왔어. 이렇게 시집온 여자는 나밖에 없을 것."라는 말을 어렸을 때 어머니께 전해 들었던 기억이 난다. 결혼이라는 인생의 중대사를 앞두고 수 십 년 전에도 많은 사람들이 소위 물밑 조사라는 것을 했었나보다. 아마 사람들이 물밑 조사를 하는 이유는 물 밖에 보이는 것들 외에 물 밑에 숨겨진 것들에 진실이 있을 것이라고 믿기 때문일 것이다.

이직에 있어서의 레퍼런스 체크도 그렇다. 평판 조회, 평판조사, 레퍼런스 체크라는 문구로 통용되며, 시니어 급의 채용에서는 레퍼런스 체크가 필수적으로 이루어지는 경우가 많다. 임원급 채용의 경우에는 진행하는 헤드헌터 회사에서 레퍼런스 체크를 진행함은 물론이고 타 서치펌 또는 타 레퍼런스 체크 시행 기관을 통해 크로스로 체크하는 경우도 있다. 임원급의 경우 한 사람을 채용하는 것에도 많은 비용이 소요되지만, 만약 잘못된 사람을 채용했을 경우의 비용은 그보다 훨씬 더 하기 때문이다.

취업사이트 사람인에서 기업 369개사를 대상으로 실시한 조사(2020년)에 따르면 조사 대상 기업의 76.4%가 경력 채용 시 평판조회가 필요하다고 답했다고 한다. 기업이 평판조회로 알고 싶은 것은 '인성 및 성격'(64.2%)이라는 답변이 가장 많았고, '상사, 동료와의 대인관계'(57.7%), '전 직장 퇴사 사유'(48.9%), '업무능력'(48.2%), '동종업계 내의 평판'(32.8%), '경력사항 등 서류 사실 여부'(31.4%) 등의 순이었다고 한다. 가장 중요한 것은 기업이 이러한 평판조회 결과를 "얼마나 신뢰하는지"일 텐데, 조사에 임한 기업들 중 무려 92%가 평판조회 후 입사한 직원들의 성향이 입사 전 평판조회 결과와 비슷했다고 답했다고 한다. 현실이 이러하니 기업들은 평판조회 결과에 대하여 어느 정도 신뢰할 수밖에 없을 것이다.

실제로 헤드헌터로서 레퍼런스 체크를 진행하다 보면 지원자가 이력서나 헤드헌터와의 사전 인터뷰 또는 채용 기업과의 면접에서 언급하지 않았던 부분들이 간혹 발견되는 경우가 종종 있다. 다만 헤드헌팅으로 채용을 진행하게 되면 사전에 증빙서류 등이 검토되고, 채용 기업의 면접뿐만 아니라 헤드헌터가 후보자를 사전에 인터뷰하여 심층적으로 파악하기 때문에, 이후 레퍼런스 체크에서 심각한 문제가 발생하여 채용이 결렬되는 경우는 많지 않다.

헤드헌터 서비스를 통한 레퍼런스 체크는 약식으로 진행되고, 지원자의 동의를 득하여 지정인 2~3인을 통해 진행되지만 그럼에도 불구하고 지원자 입장에서 레퍼런스 체크는 부담이 되는 것이 사실이다. 이직이 많지 않은 지원자들의 경우 시니어 급에서도 레퍼런스 체크를 처음 접하시는 분들이 많고, 본인이 아닌 다른 사람의 입을 통해서 자신의 과거가 언급되는 것이 다소 불편한 것이다. 아마 이 불편함은 레퍼런스 체크의 내용이 자신이 통제할 수 없는 범위에 있다는 생각에서 기인할 것이다.

실제로 최근 입사한 A의 경우에도 채용 절차의 마지막에 기업에서 두 군데의 기관을 통해 레퍼런스를 체크하고자 하여 초반에 다소 당황하였다. 하지만 성실하게 레퍼런스 체크에 임했고, 기업에서는 A를 추천했던 헤드헌터인 내가 진행한 레퍼런스 체크 보고서를 확인하고 계획했던 타 기관의 레퍼런스 체크 계획을 취소하고, 바로 채용을 결정한 바 있다.

헤드헌터가 헤드헌팅 서비스를 진행하며 포함하는 레퍼런스 체크의 경우 후보자의 동의 하에 후보자가 지정한 2~3인을 통해서 진행하므로 실제로 성실하게 직장생활을 해온 직장인의 경우 큰 문제없이 무사히 통과하여 입사하는 경우가 대부분이다. 다만 이러기 위해서는 직장생활을 하면서 나를 위해서 나에 대해서 얘기해 줄 수 있는 2~3명을 만들어 두는 것, 이것은 늘 염두에 두고 있어야 한다. 작금의 시대에 이직의 상황은 언제나 발생할 수 있기 때문이다. 기업에서 이러한 물밑 조사를 신뢰한다면 이직을 준비하는 직장인이라면 어느 정도는 이에 부합할 자세가 되어있어야 하고, 이에 대하여 평소에 준비하고 있어야 한다. 회사에 내 우군 2~3명 정도는 만들어 놓는 것. 경력 관리를 위해 지금 할 수 있는 '기본'이라고 할 것이다.

그 회사는 연봉이
어떻게 되나요?

헤드헌팅을 진행하면서 지원자들로부터 가장 많이 듣는 말 중에 하나는 "그 회사는 연봉이 어떻게 되나요?"일 것이다. 많은 지원자들이 지원하기 전부터 본인이 합격하면 얼마를 받을 수 있는지 궁금해한다. 물론 모든 직장인들의 이직 희망 사유가 꼭 "연봉 상승"에 있는 것은 아니지만 대체로 대부분의 직장인들이 본인이 지원하는 회사의 연봉 수준을 궁금해하고, 자신은 얼마를 받을 수 있을지를 사전에 알고자 한다. (연봉 상승을 희망하며 이직을 하는 직장인들은 "아니, 왜 연봉이 많이 상승되지도 않는데 이직을 하나요?"라고 되물을지도 모르지만, 세상사 사람이 사는 모습은 참으로 다양해서 연봉과 상관없이 이직을 하는 경우도 많다. 이직을 해야 하는 이유, 이직을 하고 싶은 이유가 연봉 외에 아주 다양한 것은, 우리가 세상을 사는 이유, 세상을 사는 목적이 꼭 돈에 있는 것만은 아닌 것과 같은 이치일 것이다.)

많은 회사에서 채용 포지션을 오픈하면서 해당 포지션에 대한 연봉 예산을 생각해두고 있는 경우가 대부분일 것이고, 내부의 연봉 테이블이 어느 정도 존재하는 것도 사실이다. 하지만 어떤 경우, 아니 실제로 생각보다 많은 경우에 내부의 연봉 테이블을 벗어나서 채용이 이루어진다. 특히 헤드헌팅을 활용한 채용 포지션의 경우 이런 경우가 종종 일어난다.

적극적으로 이직을 위한 활동은 하지 않고 있었지만 조만간 이직을 해야겠다는 생각을 하고 있던 A 씨도 사실 연봉을 많이 상승시켜서 이직을 해야겠다는 생각은 없었다. 현재 직장에서 만족하고는 있지만 장기적인 관점에서 변화가 필요한 상황이었고, 그것은 개인적인 사유이기도 했고, 또 커리어적 관점에서 생각하는 사유이기도 했다. 그러하기에 이직하면서 높은 폭의 연봉 상승까지 바라지는 않았지만, 그렇다고 해도 연봉을 낮추면서까지 이직하고 싶은 마음은 없었다.

다만 이직은 필요한 상황이었기에 A는 최근 어느 기업에 지원했다. 그 회사의 연봉 테이블은 사실 A 씨의 현재 연봉보다 많이 낮은 상황. 하지만 A 씨가 지원한 포지션은 현재 우수한 인력을 찾기 위해 몇 개월간 공석으로 있었던 포지션이었고, 적임자를 계속해서 찾지 못하고 있는 상황이었다. 사실 회사의 기존 연봉 테이블과 A 씨의 현 연봉의 차이가 거의 몇 천만 원에 육박했기 때문에 나는 A 씨가 그 회사에 지원하는 것이 맞는지에 대해서 몇 번의 숙고와 검토가 필요했다.

해당 포지션이 수개월간 적임자를 찾지 못하고 있는 상황이었고, 정말 해당 부문에 경험이 많은 우수한 인재를 찾고자 했던 포지션이었어서, A 씨의 연봉 수준이 높지만 그래도 검토 가능한지 우선 확인 후 사측에 제안되었고, 그는 면접 이후 바로 합격을 거머쥐었다. 시니어급 포지션에 한 번의 면접 이후 바로 합격 발표가 나는 것은 이례적인 일이기도 하려니와 연봉 이슈가 있음에도 그렇게 빨리 결정이 된 것도 통상적인 경우는 아니었다. 하지만 A 씨의 경우는 그랬다. A의 채용을 위해 회사에서는 현 A 씨의 연봉보다 어느 정도 상승된 금액을 제안했으며, 연봉을 제외한 차량지원, 유류비 지원 등 현 재직 회사에서는 없던 복지혜택까지 추가되어 더 좋아진 조건으로 입사하게 된 것이다.

A 씨의 사례처럼 연봉이 어떻게 책정될지는 면접을 보기 전까지는 아무도 모른다. 회사에서는 훌륭한 인재를 채용하기를 원하기 때문이다. 만약 당신이 해당 분야에서 독보적인 경력을 가지고 있다면 회사의 연봉 테이블과 상관없이 면접 이후 당신의 연봉이 결정될 수 있다. A 씨의 경우는 대기업에 입사한 사례이지만 대기

업이 아닌 중소 규모의 회사에서도 이런 일은 일어난다.

　최근 이직한 B 씨는 그간 재직 했던 회사보다 훨씬 더 규모가 작은 회사로 이직했다. B 씨는 이전 회사에서 10년 넘게 재직하면서 업계에 있는 다양한 다른 회사의 대표님들과 접촉하게 되었고, B 씨의 뛰어난 업무능력을 알아본 기업의 대표들은 그를 영입하고자 했다. 마침 B가 이직을 생각하게 되었을 때, 한 기업의 대표는 "네가 올 자리는 항상 있다."라는 말로 그를 맞이했다. 그 기업에서는 B 씨에게 "얼마를 원하냐?"라고 문의하였고, 그 대표님은 B 씨가 기존 재직 회사에서 어느 정도의 연봉을 수령하고 있었는지 묻지도 않고, 그가 원하는 희망연봉을 수락하고 그를 채용하였다. B는 몇 천만 원의 금액이 상승되어 입사하였고, 만족하며 근무하고 있다.

　그 회사의 연봉 수준이 어떻게 되는지도 물론 중요하다. 하지만 내가 어느 정도의 연봉을 받을 만한 수준이 되는지는 어쩌면 그것보다 더욱 중요할 것이다.

연봉은 면접이 끝날 때까지
아무도 몰라요

이직하는 직장인들에게 연봉만큼 초미의 관심사가 있을까? 살아가는 데에 돈이 전부가 아니고, 우리에게는 돈 보다 중요한 것들이 훨씬 더 많은 것 또한 사실이지만, 이직하면서 본인의 커리어를 개발해 나감과 동시에 생활인으로써 돈을 벌어야 하는 것 또한 우리가 일하는 데에 중요한 한 축을 담당하는 것이기 때문이다.

앞에서 언급한 바와 같이 헤드헌터로 일하면서 만나는 수많은 구직자들도 이직하면서 본인이 받게 될 연봉을 궁금해한다. 그런데 이에 대해서 속 시원히 얘기해 줄 수 있으면 좋겠지만 그렇지 않을 경우 난감한 경우들이 생긴다. 연봉 테이블이 딱 정해져 있어서 협의의 여지가 많지 않을 경우 "이 회사에서 경력 몇 년인 경우 아마 이 정도 연봉을 수령하실 수 있으실 거예요"라고 말씀드릴 수 있지만, 경력직 채용의 경우에는 그렇지 않은 경우가 대부분이다. 사실 비슷한 연차의 지원자라도 연봉 수준은 다 다른 경우가 많고, 이는 지원자가 어느 회사에서 어떻게 경력을 쌓아왔느냐에 따라 달라지기 때문이다.

물론 그렇더라도, 그 회사에서 생각하고 있는 그 포지션의 연봉 버짓은 있을 것 아니냐라고 생각할 수 있지만, 이 연봉 버짓이라는 것도 사실 지원자에 따라 달라지는 경우가 간혹 존재한다. 통상적인 포지션의 경우 회사에서 이미 생각하고 있는 연봉 버짓을 벗어나서 채용되는 경우가 거의 없기 때문에 이는 중요한 부분이기는 하지만, 면접 이후 이를 벗어나는 수준에서의 채용이 이루어지는 경우도 종종 발생하기 때문이다. 그리고 지원자 면접 전에 회사에서 생각했던 연봉과 면접 이후 회사에서 제시하는 연봉 수준이 달라지는 경우도 심심치 않게 발생한다.

A의 경우도 그랬다. 한 외국계 기업에 지원했던 A는 이직을 고려하고 있던 차. 마침 해당 기업에서 채용하고자 하는 인재에 해당하는 경력을 보유하고 있었고, 회사는 A를 만나보고 싶어 했다. 그런데 회사에서는 A를 만나보고 싶고, 괜찮다면 채용하고 싶지만, A의 연봉 수준을 부담스러워하는 눈치였다. 면접을 보기 전 회사에서 헤드헌터인 내게 이야기했던 A에게 제시 가능한 연봉

수준은, 아마도 그대로라면 A가 "도저히 그 연봉에는 입사하기 어렵다."라고 말할 수준임에 분명했다. 다만 회사에서 A를 만나보고 싶어 했고, A의 인성과 실력에 대하여 어느 정도 확신이 있었던 바, A에게 회사에서 (처음에 내게 얘기했던) 가능한 연봉 수준을 이야기는 해 주고 이를 염두에 두고는 있으되, (혹시 모르니) 면접은 진행해 보자고 했다. 해당 회사의 경우에 면접 이후 (해당 포지션에 책정되었던) 연봉이 어느 정도 조정이 되는 경우가 종종 있었고, 이번에도 만약 A가 면접을 잘 본다면 회사에서 처음에 제시했던 연봉에서 어느 정도는 조정이 가능할 수도 있을 것이라 생각했기 때문이다.

면접은 당시의 코로나 상황 등을 고려하여 화상으로 진행되었지만 A는 미리 면접 전 회사 근처에 들러서 회사 전경 등을 둘러보는 등 면접에 대하여 차분하고도 확실하게 준비하였고, 면접을 무사히 마치고 바로 합격통보를 받을 수 있었다. 이제 남은 것은 연봉.

나는 해당 기업의 인사, 채용을 담당하는 Key person인 임원 분과 직접 소통하면서 A가 입사할 경우 기업에 많은 도움이 될 것이라는 사실을 강조했다. 그리고 큰 폭은 아니지만 그래도 수백만 원은 상승된 연봉으로 잡오퍼가 제시되었고, A는 기분 좋게 입사하기로 결정하였다.

내게 "그 포지션의 연봉은 얼마인가요?"라고 물으면 사실 정확한 답을 해줄 수 있다면 좋겠지만, 간혹 "면접이 끝날 때까지는 몰라요. 면접을 잘 보세요."라고 말하는 것이 전부일 경우도 종종 있다. 물론 해당 포지션에 책정된 연봉이 조정 가능한지의 여부는 해당 회사의 성향과 해당 포지션의 특성에 기인한 경우가 많으므로 이러한 부분을 면밀하게 살펴야 할 것이다.

연봉 협상 시 유의할 사항들

연봉 협의는 민감한 사안임에 틀림없다. 헤드헌터로 업무를 진행하다 보면 적합한 후보자를 찾는 것도 어려운 일이지만, 오히려 최종합격 이후에 연봉 협의, 레퍼런스 체크 등 더욱 많은 난제들이 산적해 있음을 자주 느끼게 된다.

연봉 협상에서는 돈 얘기가 직접적으로 오고 가는 만큼 대화 시 사용하는 단어 하나하나에도 더욱 신중함이 요구되는 것이 당연하다. 연봉 협의는 다양한 방식으로 진행되나, 최근 진행했던 포지션 중 하나에서는 사측에서 후보자를 다시 한번 직접 만나서 연봉 협의를 하고 싶어 하셨고, 나는 그때까지 정리된 내용을 바탕으로 후보자께 연봉 협의에 대하여 유의할 사항들을 안내하였다. 아래 내용은 해당 연봉 협의 시 주고받았던 메일 내용으로 연봉 협상을 준비 중이거나, 궁금하신 분들에게 도움이 될 것으로 생각한다. 다만, 민감한 내용은 삭제하였다.

안녕하세요 A 님,

ISO 인증 서치펌 커리어앤스카우트 헤드헌터 김경옥 컨설턴트입니다. 우선 B 채용 건에 최종 합격 하심을 진심으로 축하드립니다. 유선상으로 안내드린 바와 같이 사측과의 연봉 협의 안내 드립니다.

1. 일시: *10분 전까지 도착해 주시고, 1층에 도착하시면 제게 연락 주세요. 30분 내외로 진행 예정입니다.
2. 장소: 1차 2차 면접 장소와 동일합니다.

현재 상황:

사측 담당자는 1차 면접에 참석하셨던 OO이라고 합니다. 현재 사측에서 제시한 연봉은 기본급 OO만원 + 인센티브입니다. 인센티브, 성과급 수준은 현재 확인되지 않았으며, 협의 당일 제시될 것으로 보입니다. (참조로 사측에 제시된 A님의 최종연봉은 기본연봉 OO 만원, 성과급 OO만원으로 total OO 만원입니다.)

현재 사측에 전달된 A님 입장 안내 드립니다.

최종 합격사실에 기뻐하시고 좋게 봐주신 것에 대하여 감사해 하시나 현실적으로 직장인에게 연봉이 작은 문제는 아니라서, 기본급은 인상되었으나 총액기준에서 전 직장 연봉과 같거나, 아니면 그보다도 덜한 금액이 될 것 같아 조금 고민이 되시는 상황이라고 전달하였습니다. 아울러 A님께서는 사실 1차 때 얘기 되었던 연봉 수준도 있어서 최소한 그 정도는 예상하고 있었던 터라 기쁘면서도 당황스러운 상황이라고 안내되었습니다.

예상 상황:

아마도 사측에서는 OO를 제시하는 것이 최대일 것으로 예상되기는 하나, 혹시라도 해당 자리에서 A님께서 먼저 금액을 언급하시지는 마시고, 사측 의견 먼저 들어보시고 거기서 금액을 가감하시면서 진행하시는 것을 권해드립니다.

이것은 예의이기도 하지만 통상적인 협의 과정에서 자신의 패를 먼저 보이는 사람이 해당 협상에서 우위를 점하기는 힘들다고 생각하기 때문입니다. 장기근속 할 것이고, 동기부여가 될 수 있는 선으로 요구하시는 것이 합당할 것으로 생각됩니다.

아울러 A님께서도 입사했을 때 서운한 마음 없이 장기 근속 할 수 있는 금액을 미리 생각해 보고 임하시는 것이 필요할 것으로 생각됩니다. 최종 합격 발표된 시점이기는 하나 입사 전 사측과의 미팅은 모두 면접과 동일함으로 여전히 A님의 실력과 자신감을 보여주시는 것은 필요할 것입니다. 다만 돈 얘기가 오고 가는 자리이니 민감한 사안이므로 이전까지의 면접보다는 더욱더 상대의 기분이 상하지 않도록 배려, 겸손 등의 덕목이 요구될 것입니다. 입사의지를 피력해 주시는 것도 필요하나 그래도 여유는 잃지 마시고, 서두르거나 갈급해 보이는 면은 없어야 할 것입니다.

혹 사측에서 최종적으로 제시할 수 있는 연봉이 A 님의 희망 연봉 수준에 미달한다면, 입사 후에 A 님께서 성과를 보였을 때 인상될 수 있는 가능성은 어느 정도까지인지 등을 파악해 보시는 것도 결정에 도움이 되시리라 생각합니다.

또한 이번 협의를 통해 B 회사 입사 시 A님의 커리어 패스는 어디까지 그려볼 수 있을 것인지, 또 A님 본인의 커리어 패스를 고려했을 때 어느 선까지 수용 가능한지도 대략적으로 파악해 볼 수 있어야 할 것입니다. 만약 박사 학위를 생각하신다면 학위를 마치시고 교수 임용 고려할 때, 현장에서의 해당 경력이 갖는 장점, 고객사 네트워크 등으로 산학 과제 수주 가능성 등 충분히 고민하시고 또 A님께서 이러한 그림을 그려볼 때 궁금한 점이 있다면 이를 확실시할 수 있도록 사측과 충분하게 커뮤니케이션하시면 좋겠습니다.

혹시나 도움이 되실까 하여 그간의 헤드헌팅 히스토리를 바탕으로 안내드렸으나 제 개인적인 의견이므로 참조만 하시면 됩니다. 차분하게 임하시고, 끝까지 좋은 결과 거두시기를 응원합니다.

김경옥 드림

사례 : 연봉을 2천만원이나 상승해서 이직하는 것이 가능할까?

"상승하는 연봉은 이직의 꽃"이라는 것 부인할 수 없는 사실이다. 많은 이들이 이직하면서 연봉 상승을 기대한다. "이 정도 연봉 아니면 굳이 이직할 필요 없을 것 같아요."라고 말하는 후보자들이 상당수이지만 이직을 원하는 직장인들이 연봉 상승을 원하는 만큼 모든 이직에서 연봉이 상승하지는 않는다는 것이 더 정확한 사실이다. 이직을 원하는 직장인들의 경우 이직을 원하는 바로 그 사유가 반드시 있기 마련이므로 실상은 연봉을 오히려 낮춰서 이직하거나 예전 연봉과 거의 변함이 없는 상태로 이직하는 경우도 많다. 혹자는 "아니, 그럴 거면 왜 이직해?"라고 할지 모르겠지만 사실이다.

통상적인 이직 시 연봉인상률은 최종 연봉의 5~10% 정도에 그친다. 지원자가 생각하기에 이전에 재직하던 회사보다 비전이 있고 안정적이거나, 본인의 경력에 도움이 된다면 기본급을 낮추고 성과급 형태로 보상받는다든지 등의 형태로 연봉에 많은 변화 없이 이직하는 경우도 많다. 이전 회사에서 아주 큰 성과를 달성했던 인재라고 할지라도, 이전 회사에서의 성과를 이직 후에도 동일하게 낼 것이라고 누구도 장담할 수 없기 때문에 이직 시 높은 연봉상승을 기대하는 것은 생각보다 많이 어렵다.

다만 이러한 모든 상황에도 불구하고 많은 직장인들이 이직하면서 얼마간의 연봉 상승을 기대하는 이유는, 이직 없이 연봉 몇백만 원 올리는 것도 얼마나 어려운 것인지를 다들 공감하기 때문일 것이다. 실제 2020년 기준, 코스닥 상장기업 사원 기본급 기준 연봉 3천만 원 초반 대에 입사한 직장인이 연봉 2천만 원을 상승시켜 과장 1년 차가 되기 위해서는 8년의 시간이 필요한 것이 현실이기 때문이다. 연차가 올라가면 상황이 개선될까 싶지만 나이를 먹고 일의 경력이 쌓여가도 상황은 같다. 앞서 예를 든 동일한 기업에서 5천만 원 초반대의 과장 1년 차가 연봉 2천만 원을 올려 7천만 원 초반대의 연봉을 받기 위해서는 장장 8년의 시간이 또 필요한 것이다. 그래서 사람들은 이직하면서 연봉 상승을 기대하고, 또 연봉 상승을 기대하면서 이직한다.

그러므로 만약 그 직장인이 이직하면서 연봉 2천만 원 상승할 수 있다면 그 연봉 상승액의 가치는 통상적인 직장생활 8년의 가치를 지닌다고 할 것이다. 그런데, 정말 이직하면서 연봉 2천만 원을 올리는 것이 가능할까?

사측과의 연봉 협상 시에 지원자는 통상적으로 사측에 최종 연봉 등의 정보를 제공하게 되지만 지원자는 사측에서 어느 정도까지의 연봉이 가능한지 확실하게 알지 못한다. 헤드헌터를 활용하여 이직하는 경우, 사측 내부 직원과 제3자의 입장에서 소통하는 헤드헌터를 통해 어느 정도 사측의 연봉 레인지를 확인할 수 있는 경우도 있지만, 이는 통상적인 연봉 레인지에 해당하는 것일 뿐, 만약 해당 회사가 명확하게 호봉제 등을 적용하지 않는 회사일 경우 지원자의 역량에 따라 연봉 협의가 가능한 범위는 충분히 조정될 수 있는 가능성 또한 존재한다.

그렇다면 연봉 협의에 있어서 지원자가 우위에 설 수 있는 방법은 무엇일까? 근로 계약에 갑을 관계가 존재한다면 실질적이든 명목적이든 갑의 위치에 서는 것은 회사이고, 지원자는 을의 위치에 서게 될 것이다. 소위 말하는 강한 을, '을' 질을 할 수 있는 정도의 지원자가 되기 위해서는 어떤 방법이 필요할까?

면접에서 최고점을 받은 당신은 연봉 2천만원도 올릴 수 있다.

연봉 협상은 보통 면접을 모두 마치고 최종면접 합격 통보를 받은 이후에 이루어지는 경우가 대부분이다. 이때 이직을 원하는 지원자, 구직자가 연봉 협상에서 우위를 점하기 위해서 필요한 것은 바로 높은 면접 점수이다. 같은 포지션이어도 어떤 지원자는 7천을 받지만, 어떤 지원자는 8천을 받을 수 있는 것이다. 이렇게 입사 시에 연봉이 차이가 나는 것은 면접 점수가 상당 부분 그 원인을 제공한다.

A가 진행했던 실제로 어느 외국계 기업의 면접 때는 이런 질문들이 오갔다.

면접관이 묻는다. "내가 왜 당신을 뽑아야 하는지 말해줄 수 있어요?"

그리고 A는 이렇게 답했다.

"첫째, 당신이 한국에서 이 분야에 최고 자격증 3개를 동시에 가지고 있는 사람을 찾지 못할 것이다.

둘째, 당신이 한국에서 삼성, LG, 포스코 등 대기업 들을 클라이언트로 다뤄본 사람을 찾지 못할 것이다.

셋째, 위의 두 가지를 모두 갖추고 있으면서 한국어와 영어를 모두 원어민급으로 구사하는 사람을 찾지 못할 것이다."

해당 외국계 기업은 한국 시장에 이제 진출해서 한국시장에서의 입지를 다져나가야 하는 상황이었다. 그리고 해당 외국계 기업의 현업 담당자는 이 지원자에게 면접 최고 점수를 주었다. "A를 꼭 데려오라"라는 정도의 면접 점수. 그리고 연봉 협상이 남아 있었다.

통상 해당 기업의 인사팀은 현업에서 뽑고 싶어 하는 그 인재를 가능한 한 가장 적은 금액으로 데려오고 싶어 한다. 하지만 반대로, 만약 A처럼 면접에서 최고점을 받았다면 현업 부서장은 연봉에 상관없이 그 지원자를 꼭 데리고 오고 싶어 한다.

A는 다행히 안정적인 타 기업에 재직 중이었고, 그렇기에 소위 말하는 '튕김', '밀고 당기기'를 할 수 있었다. 처음 회사에서 제시한 연봉은 A가 많은 리스크를 안고 이직하기에는 충분하지 못한 액수였고, A는 그 연봉에는 입사하지 않겠다는 의사를 전했다. 그렇게 두 번 연봉을 튕긴 끝에 A는 한국 연봉 테이블이 아닌 해당 외국계 기업의 본사가 속한 국가의 연봉 수준으로 연봉 협상이 완료되었고, A는 최종 연봉보다 2천만 원이 상승된 금액으로 근로계약을 체결하였다.

세계적으로는 이름만 대면 알만한 외국계 기업이지만, 한국 시장에는 이제 진출하던 해당 기업은 A가 입사하던 초기엔 사무실조차 완비 되지 않아 A는 카페 등에서 근무를 시작했다. 직속 상사를 외국에 두고 업무를 이어가던 A가 일하는 동안 해당 기업은 근사한 공유오피스로 근무지를 옮겼고, 한국 지사의 인원도 증가하였으며 이후 수년 동안 A는 해당 기업에 재직 중이다.

A가 2천만 원이라는 (통상적으로 거의 발생하지 않는 범위의) 연봉을 상승하면서 이직할 수 있었던 것은 해당 오피스가 한국에서 처음 시작하는 기업이었고, 해당 회사의 본사가 속한 국가가 한국보

다 높은 수준의 연봉 레인지를 가지고 있었다는 사실이 기본적인 바탕이 되었을 것이다. 하지만 우리는 기본적으로 A가 한국 시장에 첫 삽을 뜬 기업에 과감히 도전하려는 배짱이 있었다는 사실에 더욱 주목해야 한다. 그리고 그는 그러한 도전의식과 함께 자신의 커리어에 대한 자신감이 충만했으며, 바로 그 자신감은 그가 열심히 커리어 개발을 위해 닦아온 증명 가능 한 실력을 바탕으로 나온 것이었다. 이러한 사실로 그는 현업에서 "얘는 무조건 데려오라."라는 정도의 면접 최고 점수를 받았고, 그렇기에 인사팀에서도 몇 번이고 그와의 연봉 협의에 다시 임했다는 사실을 잊어서는 안 될 것이다.

전략 활용을 위한 준비

준비하는 사람만이
기회를 잡는다

3년이면
딱 그만 두고 싶을 때?

첫 책인 커리어독립플랜 출간 이후, 삼성그룹 공채 출신 헤드헌터로 활동을 하면서 몇 개의 유튜브 채널에서 제의를 받아 촬영한 적이 있다. 촬영하는 시간들은 아주 재미있었고, 유익했으며, 몇 주 후에 영상이 업로드되면 많은 분들이 자신의 경력관리에 있어서 도움이 될 것이라고 생각되어 보람찬 작업이기도 했다. 인터뷰 형식을 띤 한 촬영 중에 이루어진 대화에는 "왜 그 어렵다는 삼성에 입사하고 난 후 그만두었는지"에 대한 질문이 있었고, "삼성에서는 얼마나 근무하셨어요?"라는 대화가 이어졌다.

"3년 정도 근무했어요."

"아. 3년이면 딱 그만두고 싶을 때네요."

통상적으로 사람들이 "3년이 딱 위기의 시점인데 그때 못 버티고 퇴사하셨네요."라고 하는 것은 암묵적으로 그곳에서 계속 지내는 것이 더 낫다는 것을 가정하는 데에서 나오는 문장일 것이다. 그곳에서 힘들더라도, 위기가 오더라도 버티는 것이 더 낫다는 가정 하에서 나온 말이라는 것이다. 커리어독립플랜에서 언급했던 바와 같이 우리는 위기의 때가 왔을 때 비로소 독립을 하거나, 어떤 다른 결정을 하게 되지만, 그러한 결정을 하기 전 더욱 중요한 것은 일단 버티는 것에 있다는 사실은 변하지 않는 진실일 것이다. 버티는 것은 중요하다. 변화도 중요하지만 일단은 우선 버텨봐야 한다. 왜냐면 우리는 한계가 왔을 때 자신을 한번 더 밀어붙여봄으로써 무언가 돌파구를 마련하게 되기 때문이다. 변화는 임계치를 지나야지 온다. 더 이상 못할 것 같은 그 시점을 버티고 지남으로써 우리는 과거와는 다른 자신이 될 수 있게 된다. 그러므로 버티는 것은 필요하다.

하지만 또 한편으로는 버티는 것만이 능사가 아니라는 사실도 반드시 명심해야 한다. 위기의 때, 힘든 때, 매너리즘에 빠져 허우적댈 때 우리는 버티는 것 외에 무언가 확실한 다른 것이 필요한 시즌이 분명히 있다. 지금 힘들다는 사실은 지금 상황과 다른 상황이 필요하다는 무언가의 계시일 수 있는 것이다. 이것은 우리 몸이 아플 때 통증이 있는 것은 치료가 필요하다는 뜻인 것이고,

몸의 고통을 그대로 방치하고 버티고 견디는 것이 능사가 아닌 것과 같은 이치이다.

    무언가 변화가 필요한 시점에서 세상은 꼭 우리에게 그 시그널을 보낸다. 그것은 상황적인 위기일 수도 있고, 우리 마음에 스멀스멀 올라오는 변화의 욕구, 이직의 욕구, 독립의 욕구 일수도 있다. 우리 몸에 음식이 필요할 때, 우리 몸에서는 내게 배가 고프다는 시그널을 보내서 음식을 섭취하게 한다. 우리 몸에 단백질이 필요할 때 우리는 고기를 먹고 싶다고 느낀다. 우리가 먹은 음식이 느끼하다고 느낄 때는 우리 몸에서 채소가 필요하고, 더 상큼한 음식이 필요할 때인 것이다. 이러한 시그널을 무시하고 넘기고, 버티게 되면 우리 몸은 망가진다. 우리의 커리어도 마찬가지이다. 우리의 커리어에 변화가 필요할 때, 그것은 우리에게 정황상 시그널을 보내고, 우리의 몸과 마음에 어떤 욕구를 만들어 낸다. 이것을 버팀으로써 더 이상의 고통과 욕구가 없게끔 할 수도 있지만, 만약 그러한 방안이 효과가 없다면 그때는 정말 다른 선택을 해야 한다. 딱 변화에 대한 생각이 올라올 때, 그것이 3년 이든, 5년 이든 그때는 그런 생각을 하는 나 자신을 탓하지 말고, 내게 변화가 필요한 시점이라는 것을 인정하고, 그 방법을 도모해봐야 한다.

사실 이런 변화의 시그널이 올 때 많은 사람들은 변화를 선택하기보다는 "나는 흔들리지 않는 사람"이라는 자부심으로 그 자리에서 버티는 것을 선택한다. 실은 변화의 두려움을 마주하는 대신에, 변화의 시그널을 무시하고 그대로 그 자리에서 버티는 것이 더 수월하기 때문이기도 할 것이다. 하지만 이때 그 자리에서 버티는 것을 선택하는 것보다, 변화의 두려움을 당당하게 마주하는 것을 선택한다면 어쩌면 우리는 더 나은 발전의 가능성을 조우하게 된다. 우리의 뇌는 단기적으로는 안정을 추구하지만 장기적으로는 의미, 발전, 도전, 새로움 등을 더 가치 있게 여길 것이기 때문이다. 앞에서 얘기했던 것처럼 역설적이지만 내 커리어의 전문성을 살리기 위해서라도 일정 정도의 시간이 지나면 내 커리어에 변화를 주기 시작해야 한다. 다만 그 변화의 정도와 방향을 고민해야 하는 것.

　　하버드 경영대학원 교수를 역임했던 하워드 스티븐슨은 "사람들은 늘 같은 일을 하기 때문에 성장이 없는 것"이라고 말하면서 "20년간 경험을 쌓는 것과 일년의 경험을 20년간 반복하는 것과는 다르다."고 했다. 우리는 과연 한 직장에서 10년, 20년간 재직하면서 10년 20년의 경험을 쌓고 있을까, 아니면 그저 일년의 경험을 10년, 20년 동안 반복하고 있을까?

매일 같은 데이트를 수년간 반복했던 것과, 각종 이벤트와 낯선 곳으로의 여행이 가득했던 2년간의 연애를 비교한다면 과연 시간이 흐른 후 우리의 가슴속에 어떤 연애의 기억이 더 진하게 남을까? 혹 매일의 데이트를 반복했던 수년간의 기억은 다만 한 줄의 "우리가 매일 같이 밥을 먹었음"의 문장으로 요약되는 것은 아닐까?

나는 삼성을 그만두고 공부를 하기로 선택하면서, 그 이후로 펼쳐질 숱한 두려움들을 온몸으로 마주하는 것 또한 동시에 선택한 셈이었다. 하지만 이후 석사 박사 과정을 진행하고, 대학교 강단에서 전공과 교양을 강의하며 대학생들을 만나고, 각종 기업 공공기관에서 경영컨설팅을 진행하고, 또 지금 헤드헌터로 일하면서 돌아보면, 지금의 내 경력들은 내가 삼성을 그만두지 않았다면 겪을 경력과는 차원이 다른 성질의 것이었다. 물론 지금까지 삼성을 계속 다니면서 얻을 수 있었던 경험의 가치도 절대 얕지는 않을 것이다. 결국 선택의 문제이지만 나는 1년의 경험을 10년, 20년 반복하는 것보다, 10년, 20년간 서로 연관은 있지만 다른, 보다 다채로운 경험을 하는 것을 선택한 것이다.

그리고 보다 중요한 사실은 삼성에서 3년 정도 일할 때는 "내 꿈이 정말 회사원 이었을까?"라는 정체성의 고민을 계속했지만,

지금 헤드헌터이자 HR컨설턴트로 일하면서는 3년의 시간이 이미 한참전에 지났음에도 여전히 대한민국 기업과 직장인들에게 도움을 주는 일을 한다는 생각에 컨설턴트로서의 더 나은 미래를 모색하게 된다는 것에 있을 것이다.

정말 자신의 일, 자신의 소명에 맞는 일을 만난다면 그 위기라는 3년, 5년, 10년의 시점에서도 더욱 동기가 샘솟는다는 사실을 몸소 체험하게 될 것이다. 더 열심히 해보고 싶은 마음. 더 잘해보고 싶은 마음. 더욱 가치를 찾고 싶은 마음. 만약 열심히 일을 하는 중의 어떤 시점에 뭔가 변화가 필요하다면 그것은 지금의 일과 연관된 어떤 것일 테고, 아마 경력이 방계로 확장되는 형태를 띨 것이다. 판이하게 다른 성격의 경력이 아니라, 조금씩 변화를 주어 발전해 가는 형태.

나는 여러분이 일을 하는 동안의 3년의 시점이든, 5년, 10년의 시점이든 앞으로도 버티거나 변화하거나 하는 결정의 시점에서, 행복보다는 의미를 추구하고, 안정보다는 새로움을 추구하며, 보수보다는 보람을 중시하는 선택을 할 수 있기를 바란다.

교과서 내용을 달달 외워 A학점을 맞는 사람은, 언제나 그 카드만 만지작거리는 삶을 산다. 카드를 바꾸려면 흥미진진한 문제를 내 삶에 제시하고, 실패하든 성공하든 상관없이 그 문제에 대한 흥미진진한 답을 내놓는 연습을 해야 한다.

- 세스 고딘, 세계 최고의 마케팅 전문가

사양 산업에
종사하고 있다면?

우리는 굉장히 긴 세월을 일을 하면서 보낸다. 우리가 사회생활 초반, 경력 초반에 회사를 선택하고 직업을 선택할 때 사실 우리에게는 그리 많지 않은 선택지들이 있었고, 나를 받아주는 그 회사에서 이 직업을 시작했다. 그리고 시간이 흘렀고, 이제 내가 몸담았던 이 직업, 이 산업이 왠지 예전 같지만은 않다. 이럴 때는 어떻게 해야 할까?

경력 전환이라는 것이 꼭 내가 그것을 원해서 일어나는 것만은 아니다. 우리가 경력을 쌓아가야 하는 그 긴 세월 동안 세상은 끊임없이 변하고 우리를 둘러싼 사회도 큰 폭으로 움직인다. 순간순간의 변화를 예민하게 감지하기 어려워서 지금 하는 일에만 매진하여 세상에 대하여 반쯤은 눈 감고 지내는 동안 내가 속해 있는 산업이 더 이상의 발전을 기대하기 어려운 상태로 변해갈 수도 있고, 이로 인해 내가 몸 담고 있는 회사가 문을 닫을 수도 있다. 아니 여차 저차 해서 각고의 노력을 통해 심각한 불경기에 회사는 살아남더라도 그 안에서 일개 직원으로 종사하던 우리는 회사의 생존을 위해 제거 해야 하는 불필요한 비용이 될 수도 있을 것이다. 우리가 일하던 회사가 속한 산업 자체가 쇠퇴의 길로 접어들어서 회사가 문을 닫거나, 인원 감축을 시행한 것이라면 어쩌면 우리는 그간 쌓아왔던 경력을 살리는 관련 업종이나 직종으로 이직하는 것이 불가능할 수도 있는 것이다. 이럴 때 우리는 어쩔 수 없이 경력 전환을 선택해야만 한다.

"이 나이에 내가 무슨 새로운 일을 시작하겠어" "그냥 나는 하던 일이나 열심히 할래. 송충이는 솔잎 먹는다고 그래도 내가 했던 일 해야 승부를 보지."라고 하겠지만, 불가피한 상황에서 우리는 새로운 일, 새로운 업종, 새로운 직종에 도전해야 하는 경우가 나의 선택과 상관없이 발생하는 것이다. 침몰하는 배 안에서 있어 봤자 같이 침몰하는 것뿐이다. 우리가 탄 배가 지금 서서히 침몰하고 있는 것이 감지된다면 재빠르게 다른 배로 옮겨 타는 것을 준비해야 한다.

그러기 위해서 가능한 내 패를 점검해야 한다. 나는 무엇을 내 강점으로 제시할 수 있는가? 내가 탄 배 말고 다른 배에 옮겨 타는 것을 준비하는 것이지만, 결국 내가 지금까지 가지고 있는 것으로 승부를 봐야 하는 것이다. 내가 가진 것의 가치를 인정해 주는 다른 시장은 어디에 있을까? 이때 가장 중요한 것은 다른 무엇보다 다른 배로 옮겨 탈 수 있는 기회를 잡는 데에 있어야 한다. 일단 다른 조건들은 차치하고서 우선은 옮겨 탈 수 있는 가능한 시장에 접근하는 것을 목표로 하고 그 시장에 진입한 다음에, 다시 내가 가진 것들을 결합하여 더 큰 강점을 만들어 더 나은 조건, 대우를 받을 수 있는 다음 기회를 다시 노리는 것이다.

배를 옮겨 탈 수 있는 기회가 온다면 지금 가진 것들을 어느 정도 내려놓을 수도 있어야 하는 것이다. 새로운 무대에 진입하면서 내가 지금 가진 것들을 모두 고집한다면 배를 옮겨 타는 것이 아예 불가능할 수도 있다.

연봉이야 수평이동이 될 수도 있고, 아직 그 시장에 대한 경험이 없으므로, 해당 시장에서 경력을 쌓아 나갈 수 있는 기회가 된다면, 직급, 보직 등은 어느 정도 양보할 수도 있을 것이다. 만약 면접을 잘 보아서 연봉을 상승해서 이직할 수 있는 기회가 된다면 좋겠지만, 그렇지 않더라도 내게 성장의 가능성을 선사해 줄 포지션이라면 그러한 기회가 다음번에는 쉽지 않을 수도 있다는 것을 명심해야 한다. 지금의 나는 새로운 분야에 진입하려는 1인일 뿐이고, 그 분야의 구체적인 경력이 없는 상황이기에 지금 당장 모든 처우를 고집한다면 기회 자체가 사라질 수 있다. 다소 규모가 작은 기업이라도, 성장하는 산업으로 경력을 전환하여 다시 해당 분야의 전문가로 발돋움할 수 있다면 그 이후 앞으로 펼쳐질 가능성은 침몰하는 배 안에서 지금의 처우에 만족하며 이직하지 않았을 때보다 훨씬 더 크고 다양할 것이다.

침몰하는 배 위에 남아 끝까지 배를 돌보아야 하는 것은 선장과 그와 가까운 인력들이다. 내가 가는 길의 파도가 심해 배를 삼킬 것만 같다면 다시금 평화롭게 드넓은 대양이 펼쳐지는 곳으로 옮겨 가야 한다. 지금 필요한 것은 그것뿐이다.

> 큰 돈을 벌 수 있느냐는 재능과 노력보다는 어떤 사업을 할 것인지 정하는 전략적인 선택이 더 큰 영향을 미친다.
>
> - 브라운 스톤, 부의 인문학

우리 같이 밥 먹을까요?

사회 생활에서의 거리 유지

같이 밥을 먹고, 같이 자고, 같이 씻고 하는 일은 사람이 급격하게 친해질 수 있는 몇 가지 방법 중에 하나이다. 그렇게 함께 하는 공간의 범위를 줄여갈수록 그 사람이 어떤 사람인 줄 알게 되기 때문일 것이다. 다만 어떤 관계에서는 그 사이에 아주 작은 공간만 있는 것이 더 유리할 수도 있을 것이고, 또 다른 어떤 관계에서는 그 사이에 어느 정도는 일정한 공간이 유지되는 것이 더 유리할 수도 있을 것이기에 우리는 해당 관계를 더 오랫동안 이어가기 위해서, 그 사이에 어느 정도의 틈을 둘 것인지를 선택해야 한다.

통상적으로 너무 가까운 사이에서는 그만큼 더 트러블이 발생하기 쉽다. 그러므로 너무 가까운 사이는 반드시, 트러블이 생기더라도 쉽게 헤어지지 않는 관계여야 할 것이다. 부모와 자식, 자녀 간, 부부 등의 사이는 아주 가깝고 또 그 관계 사이에 존재하는 심리적 물리적 거리가 짧은 만큼 다른 관계에서는 발생하지 않는 수많은 이슈들이 발생한다. 그리고 여타의 다른 관계에서 그런 일이 일어났다면 이미 관계가 깨어지고 말았을 만한 다수의 이벤트를 겪고도 가족이라는 이름으로 관계는 유지되고, 그러한 상처를 서로 보듬어 가면서 더욱 공고해지고, 더욱 긴밀하게 유지된다.

이렇게 어떤 관계 사이에 틈이 적을수록 너무 가까울수록 그 사이에 발생하는 트러블이 많을 수밖에 없기에, 우리는 비즈니스에서 발생하는 관계에서는 어느 정도의 일정한 거리는 유지하는 것이 필요하다. 비즈니스에서 만나는 사람들은 가족이 아니기 때문이다. "가족 같은 회사"라고 하지만, 절대 가족이 아니라는 사실, 신입사원부터 알고 있다. 모두가 알지만, 그저 그러려니 하고, 좋은 게 좋은 거라고 생각하고 묻고 더블로 가고 있는 중일뿐인 것이다. 아마 이것은 그렇게 생각하는 것이 우리의 생존에 유리할 것이라고 모두가 암묵적으로 동의하는 데에서 기인할 것이다. 다만 이 와중에도 변하지 않는 진실은 우리가 말하는 "가족 같은 회사"는 절대 가족이 아니라는 사실이다. 너무 가까운 사이인, 서로 밥을 먹고, 같이 자고, 같이 씻는 가족, 물리적, 심리적으로 아주 밀접한 가족에서는 특별하거나 특별하지 않은 이슈가 시시때때로 일어나도 서로 이해해 주고 보듬고 하면서 나아갈 수 있지만, 그러한 이슈들이 가족이 아닌 사이에서 일어났을 경우는 절대 그렇지 않다는 것을 우리는 명심해야 한다.

그러므로 비즈니스 관계에서 우리는 너무 가까워지는 것을 어느 정도는 경계해야 한다. 너무 가까운 사이는 가족이 아닌 이상, 어느 순간 서로 부딪쳐 깨질 수 있는 위험성이 높아지기 때문이다. 사람 사이의 관계에서는 어느 정도의 거리가 반드시 필요하다. 그 공간 안에서 우리는 별도로 숨을 고르고, 예의를 차리고, 상대를 배려하는 시간을 확보한다. 그리고 그 공간 안에서 우리는 상대에게 비칠 나의 모습을 가다듬는다.

물론 어느 정도 가까워지면, 사람 마음이 그런 게, 아주 가까워지고 싶은 욕망이 자꾸 든다. 저 사람이 좋기 때문이다. 우리는 장난감이 아니라 사람이므로, 감정을 가지고 있고, 매번 가까이 지내고, 같이 대화하는 사람들에게 좋은 감정을 느끼게 될 것이고, 그러면서 더욱 가까워지고 싶어 진다. 밥도 같이 먹고 싶고, 술도 같이 먹고 싶고. 그러면서 더욱 가까워지고 싶고, 당신을 알고 싶어질 것이다. 물론 다 좋지만, 그래도 만약 내가 그렇게 더 가까이 하고 싶은 그대가 나의 비즈니스 관계상에 있다면 한 번쯤은 우리 거리가 너무 가까운 것은 아닌지, 점검해 볼 필요는 있다. 그것은 그저 그 비즈니스 관계를 오래 유지하기 위한 하나의 노력에 해당한다고 할 수 있을 것이다.

내게 도움을 줄 수 있는
인맥을 만드는 방법

나는 원래는 너무 인맥, 인맥, 하는 사람들이 그리 좋아만 보이지는 않았던 것 같다. 그래서 이런 말을 하고 다녔다. "그렇게 인맥 찾는 시간에 자기 실력을 길러야지. 인맥이야, 사람이고, 사람들이야 내가 잘나면 다 모이게 되어 있는 거 아냐?"

그런 생각을 가지고 있던 즈음, 대학원에서 동기 모임으로 수련회를 가게 되었다. 도란도란 술잔을 기울이며 담소를 나누던 중 나는 무심결에 저 말을 내뱉었고, 그때 내 말을 듣던 어떤 분께서 이렇게 말씀 하셨다.

"그렇지. 그렇기는 한데. 내가 아무리 잘나 져도, 내가 아무것도 하지 않는데 나한테 오는 사람들은 나한테 뭔가를 얻으려고 오는 사람들 밖에 없어. 내가 뭔가 기회를 만들어 볼 수 있는 사람들은 내가 아무리 잘나 져도, 내가 직접 뛰어야지 만들 수 있는 거야."

당시 이 대화를 나누고 나서부터 나는 인맥에 대한 생각이 달라진 것으로 기억한다. 물론 더 나은 인맥을 구축하기 위해서 내가 먼저 보다 나은 사람이 되는 것은 당연지사일 것이다. 다만 아무리 내가 나아져도, 나보다 더 나은 사람은 분명 있고, 그들은 내가 움직이기 전에는 내게 다가오지 않는다. 이 당연한 사실을 나는 그제야 알았다. 물론 내게 어떤 힘과 지식이 생겼을 때, 그것을 필요로 하는 사람들에게 나눠주고, 후배를 키우는 것은 내가 어떤 것을 성취했을 때, 그것을 이루게 해 준 사회에 대한 보답일 것이다. 하지만 어떤 상황에서도 지속적으로 발전을 멈추지 않는 것이 현상 유지라도 할 수 있는 기반임을 생각할 때, 내가 사회의 어느 위치에 있든지, 내게 기회를 줄 수 있는 사람 또한 반드시 내 옆에 두어야 한다.

그리고 이러한 인맥은 내가 직접 발로 뛰고, 헌신하는 과정이 없이는 결코 만들어지지 않는다. 나는 나의 실력을 기르는 동시에, 내게 도움을 줄 수 있는 인맥을 구축하는 것에도 동시에 시간을 써야 하는 것이다. 그렇게 해서 그 인맥이 다시 나의 실력이 되는 선 순환 구조를 만들어야 한다. 내가 도움을 주어야 하는 인맥은 내가 어떤 행동을 적극적으로 하지 않아도 자연스럽게 만들어지지만, 내게 어떤 도움을 줄 수 있는 인맥은 내가 적극적으로 그것을 만들고자 활동하는 데에서 시작될 수 있다. 그럼 어떤 사람들이 내게 기회를 만들어 줄 수 있을까?

세이노(say no)가 이야기했듯이 나 또한 그것이 나보다 연장자, 선배들에게서 나오는 것이라고 생각한다. 나보다 사회생활을 먼저 시작했고, 현재도 저만큼 앞서 나가고 있는 인생의 선배들이 내게 기회를 줄 수 있는 것이다. 하지만 많은 사람들이 선배와의 관계는 동기나 후배와의 관계보다 어색하고, 힘들어서, 제대로 가지고 있지 않은 경우가 많다.

보통 우리들의 인맥이란 동년배에 국한되는 경우가 많다. 편하기 때문이다. 같은 세대를 살았고, 비슷한 삶을 살고 있고 농담을 해도 통하는 것이 많아, 재미있기 때문이다. 하지만, 이렇게 동년배 들과의 인간관계는 그저 재미있는 이야기를 나누는 상대로 그칠 가능성이 많다. (물론 이런 관계 또한 반드시 필요하다. 나와 마음을 나눌 수 있는 친구가 한 명 이상 있다는 것은 얼마나 기쁜 일인가?)

하지만 조금 불편하더라도 과거에 나와 다른 세대를 살았고, 현재 나와는 시점이 다른 삶을 살고 있는 분들과의 만남은 그 관계를 유지하는 데에 조금 더 시간이 들더라도 그 만한 가치를 충분히 가지고 있다. 이런 관계는 그저 기분 좋은 인간관계가 아니라

실질적인 도움을 주고받는 관계가 될 수 있으며, 설사 그렇지 않다 하더라도 그저 좋은 인간관계로만 남는 것도 손해 볼 것은 없기 때문이다.

예전에 어떤 친구가 했던 말이 기억난다.

"이력서 수십 장 쓰는 것보다, 학교 선배들 모임에서 알았던 분들에게 연락하는 게 훨씬 더 빠르더라고"

낯선 사람을 두려워하지 말라는 것이다. 살다보면 오히려 믿는 도끼에 발등 찍히는 경우가 더 많다는 것을 기억해야 한다. 낯선 사람과 위험한 곳을 경계하는 마음이 지나쳐 인생의 반경을 계속 축소하다 보면, 할 수 있는 일이 거의 없다.

- 제이슨 네머, 아크로 요가의 창시자

몸값 상승 전략 6가지 원칙

이직을 희망하는 사유에는 여러 가지가 있을 수 있지만, 이직하는 지원자들의 대다수는 이직하면서 연봉 상승을 희망한다. 물론 모든 이직에서 연봉이 상승하는 것은 아니고, 오히려 고 연봉자일수록 연봉 상승의 폭은 작아지는 경우가 많다. 그럼에도 불구하고 나의 경력에 날개를 달아줄 수 있는 원하는 포지션으로 이동하면서 연봉까지 상승할 수 있다면 마다할 사람이 있을까?

나는 이렇게 연봉, 우리의 몸값을 올려서 이직하기 위해 필요한 것들을 〈실력, 자신감, 배짱, 도전의식, 환경, 인맥〉 등의 6가지로 정리해 보았다. 높은 몸값을 받는 것은 어느 한번의 이직으로, 갑작스럽게 일어나는 것이 아니다. 높은 몸값을 받기 위해서는 기본적으로 자신의 일을 사랑하며, 몸 값, 연봉에 대하여 평소에 이를 지각하면서 꾸준한 노력과 전략적인 방법을 동시에 시도해야 한다. 이러한 시간들이 합쳐져서 비로소 '고액 연봉자'의 대열에 합류하게 되는 것이다.

1. 실력

몸값을 올리기 위해 가장 필요한 것은 뭐니 뭐니 해도 실력. 실력을 뒤로하고서 다른 어떤 것도 먼저 얘기할 수는 없을 것이다. 어떤 요령을 써서 입사하더라도 실력이 별로라면 결국엔 뒤쳐지게 되어있다. 실력이 없는 사람에게 미래는 없다. 내 몸값을 올리기 위해 실력을 키우는 것은 가장 첫 번째이다. 당연히 이직도 전문성을 키우는 방향으로 이루어져야 한다. "대체 불가능한 인재"가 되기 위한 노력이 이직으로 나타나야 하는 것이다.

그리고 그 과정에서 내가 속한 조직, 내가 하는 일이 나의 간판이 되어줄 수 있는 것이어야 한다. 솔직하자. 우리 그 누가 간판에서 자유로울 수 있을까? 간판과 실력이 언제나 같이 가는 것은 아니지만, 기왕이면 우리 실력을 높여가는 과정에서 간판마저 얻을 수 있으면 금상첨화라 할 것이다.

그러기 위해서 지속적으로 자기 계발을 하고, 이 책을 읽는 것과 같이 커리어를 상승시키기 위한 노력을 병행해야 한다. 직장생활을 충실히 하면서 그 증거로 자격증을 획득할 수 있다면 더욱 좋겠다. 물론 간판이 그렇듯 자격증 또한 우리 실력을 정확하게 담보하는 것은 아니지만, 겉으로 보이는 것에 약한 것이 인간이니까 완전히 무시할 수는 없다. 할 수 있다면 여유가 있을 때 해 놓자. 언제든 내 실력을 입증하는 데에 유용할 것이다. (앞서 사례로 제시했던 이직 하면서 2천만 원가량 연봉을 높인 A는 해당 전문분야의 상급 자격증 3개 보유했음을 기억하자.)

2. 자신감

"제가 사실은 연차는 좀 되기는 했는데, 이 업종에 온 지 얼마 안 되어서요."라는 지원자를 선뜻 채용할 회사가 있을까? 많은 사람들이 '겸손'을 이야기하지만, 나는 쓸데없는 겸손은 괜한 가치 하락을 자초하는 것이라고 생각한다. 내가 믿는 만큼, 그리고 내가 주장하는 만큼 나는 성장할 수 있다. 자신감을 가지되, 다만 그 자신감이 자만하게 보이지 않으려면 상대를 존중하는 마음을 가지면 된다. 내가 지원하는 그 회사를 존중하되, 너무 우러러볼 것도 없다. 우리는 아주 어울리는 상대이기에 "나를 뽑아야 하는 이유"를 자신 있게 설명하면 된다.

다만 자신감이란 기본적인 실력을 바탕으로 나오는 것임을 우선 명심해야 한다. 먼저 말한 실력이 없다면 자신감은 그저 허풍일 뿐이다. 어쩌면 우리의 커리어에 있어서는 몇 번의 이직이 필요할 수도 있고, 그러면서 어느 조직에서든지 적응하고 성과를 낼 수 있는 자신에 대한 자신감도 더욱 생길 것이다. 다만, 한번 이직 시 너무 짧은 기간 근무가 아닌 수년간은 근무할 것을 목표로 삼는 것이 깊이 있는 경력을 쌓는 데에 도움이 될 것이다. (회사에서도 어쩌면 평생근무 부담스러워 할 지도 모른다.)

3. 배짱

재직 중에 이직해야 한다. 그래야 배짱이 생긴다. 연봉 협상에 자신 있게 임하며, 마음이 들지 않는 처우를 제시받을 때 이를 거절하고 당당하게 합당한 대우를 요구할 수 있는 바탕은 대안이 있기 때문이다. 무엇을 하든지 플랜 B는 필수이다. 플랜 A에만 의지하는 인생이 불안하듯이 "여기 떨어지면 더 이상 갈 곳이 없는" 이직에서는 절대 제대로 된 처우를 받기 힘들다. 실제 연봉 협의에 임하는 회사도 그렇다. 굳이 이 돈만 줘도 와서 일해 줄 텐데 많은 돈을 줄 필요가 없는 것이다. 그래서 경력단절이 있는 경우 연봉 협의에 있어서는 불리할 수밖에 없다.

4. 도전의식

새로운 환경에 도전하는 것을 두려워하지 않아야 한다. 기본적으로 한 직장에서 정년 퇴직하는 것보다는 한두 번의 이직이 있는 경우가 연봉이 높은 경우가 많다. 몸값을 올리기 위한 이직 자체가 도전이므로, 새로운 시작을 시도하고 도전하는 자세는 필수적이다. 다만 통상적인 범위를 넘어서서 정말 특별한 몸값을 받기 위해서는 남들이 다 하는 일들이 아니라, 다른 일, 다른 회사를 시도하기도 해야 한다.

한 번의 이직에서 2천만 원의 연봉을 상승했던 A가 통상적인 범위를 훨씬 뛰어넘는 연봉 협상을 할 수 있었던 것은 새로 시작하는 회사에 도전하였기 때문이었다. 전 페이스북 COO였던 셰릴 샌드버그가 약 270억 원 (2012년 기준)이라는 상상하기 힘든 높은 연봉을 받을 수 있었던 것은 새로 시작하는 로켓에 올라탔기 때문이었다. 그 불안정을 대가로 결국엔 높은 연봉을 받을 수 있었던 것이다.

5. 환경

특별한 상황은 특별한 환경에서만 이루어진다. 내가 특별한 연봉을 받고 싶다면 나를 특별한 환경에 둘 수 있어야 한다. 높은 연봉을 받는 환경에 두어야 된다는 말이다. 내가 특출 나서 다른 대부분의 업계 사람들이 낮은 연봉 수준임에도 불구하고 나만은 높은 몸값을 받을 수도 있겠지만, 그런 노력은 너무 힘이 많이 든다.

생각보다 우리의 연봉 수준은 개인의 특출함보다 개인을 둘러싼 환경에 영향을 많이 받을 수 있다. 어떤 업종에 있고, 어떤 직무를 하고 있는지가 높은 연봉의 기본일 수 있다는 말이다. 연봉 수준이 높은 업계, 직무가 분명 존재하기 때문이다. 만약 내가 속한 곳이 평균적인 연봉이 낮은 곳이라면 나도 그곳에서 오래 일한다고 한들, 아주 열심히, 아주 잘 일한 다고 한들 높은 연봉을 받는 것은 힘들 수 있다. 그래서 때때로 이직이 필요하고, 인생에 전략이라는 것이 필요한 것이다. 전략을 사용할 때는 환경을 바꾸는 데에 집중하는 것이 현명할 때가 많다.

6. 네트워크, 인맥

직접적인 소개가 아니더라도 사람은 모든 정보의 통로이기 때문에 몸값을 높이고, 궁극적으로 '대체 불가능한 인재'가 되어 자신의 분야에서 성공하기 위해서 네트워크를 쌓아가는 것은 반드시 필요하다.

몸값을 높이고 성공하기 위해서는 경우에 따라 이직이 필요한 순간이라는 것을 감으로 알아야 하는데 이를 위해서는 사전에 필요한 네트워크가 구축이 되어 있어야 한다. 그 감이라는 것이 관련기사나 뉴스 등에서도 나오지만 사람들과의 대화에서 나오는 경우가 상당하기 때문이다. '만남'에서 많은 것들이 발견된다. 같은 업종뿐만 아니라 타 업종의 사람들, 일정한 수준에 오른 전문가들과의 수다는 많은 기회를 발견하게 할 것이다.

만약 별도로 네트워크를 확장하기 위해 모임에 참가하거나, 육아와 가정 때문에 시간을 내기가 어렵다면, 일하면서 네트워크를 만들어 나가면 된다. 사실 이직 시 진행되는 평판조회, 레퍼런스체크 시 누군가가 나에 대해 말을 해준다는 것은, 어느 누구를 믿을 만한 사람으로 '다른 사람', 타인이 얘기해 준다는 것은 거의 절대 보증에 가깝다. 쉬운 일이 아니라는 것이다. 열심히 일하면서 함께 일하는 사람들에게 좋은 이미지를 심어주는 것이 네트워크의 기본이다.

챗 GPT를 만든 샘 올트먼은 2019년, 〈성공하기 위한 13가지 방법〉이라는 블로그 글에서 성공하기 위해서는 멀리 내다보고 〈자본, 기술, 브랜드, 네트워크〉를 복합적으로 키워가는 것이 중요하다고 했다. 몸 값을 올리고 성공을 향해 가는 여러분의 길에 필요한 것들이 모두 함께 하기를 진심으로 응원한다.

큰 길이 될 수 없다면 오솔길이 되어라
해가 될 수 없다면, 별이 되어라
이기고 지는 건 크기의 문제가 아니니
무엇이 되든 최고가 되어라

- 더글러스 맬록. 미국의 명상 시인이자 칼럼니스트

그 떨리는 마음_
이직에 성공하신 당신께 드리는 편지

늘 그렇듯 새로운 시작은 설렌다. 설레고 떨린다. 자신감에 가득한 마음으로 도전했지만 막상 시작을 앞두고는 "내가 잘할 수 있을까?" 하는 두려움이 몰려오기 시작한다. 그렇지만 그런 모든 두려움은 그저 잠시일 뿐, 당신은 언제나처럼 또 잘 해낼 것이다.

이직을 하는 직장인의 마음도 이와 같다.

이직을 도전하던 그 당시를 생각해 보면 사실 자신감에 차 있었을 것이다. "귀하를 채용하지 못하게 되어 아쉬운 마음입니다." 등의 탈락 메일을 수 번을 받으면서도 "나를 알아보지 못하는 당신네 회사는 아마 훗날 땅을 치고 후회할 것!" 이라는 자신감으로 혹시나 무너질 것 같은 멘탈을 관리하곤 했을 것이다. 그렇게 몇 번의 도전 끝에 첫 이직에 성공한 날 얼마나 기뻤는지를 생각해 보면 어쩌면 아련한 꿈과도 같을지 모른다. 이력서를 작성하고, 서류 지원하고, 서류 합격 통보를 받고 면접을 보고, 또 몇 번을 면접을 지나는 동안 회사에 대하여도 더 알게 되었고, 합격 이후에도 "혹시나 연봉이 마음에 안 들면 어떡하지?" 라는 걱정을 놓지 못했던 것을 기억한다.

최종합격 통보를 받은 날, "그냥 지금 연봉만큼만 맞춰줘도 입사해야지."라고 생각했던 사람이든, "적어도 이 정도 되면 입사해야지."라고 생각했던 사람이든 최종합격 이후에도 끝나지 않은 절차에 한시도 마음을 편하게 두지는 못했다. 사실 연봉 협상뿐만 아니라 합격 후 진행 되었던 레퍼런스 체크도 긴장을 놓지 못하게 하는 과정이었다. "내가 일을 잘했었나?" "그럼, 나는 일 잘했지. 나만큼 회사에서 열심히 일한 사람이 누가 있었다고."라고 다짐하지만 나 외에 다른 사람의 입을 통해서 나에 대한 평가가 전달된다는 사실에 괜히 조마조마했던 것도 바로 며칠 전 일이다.

레퍼런스 체크는 비밀유지를 기본으로 하기에 당연히 레퍼런스 체크 상세 내용을 확인할 수는 없었지만 그래도 헤드헌터로부터 레퍼런스 체크 결과가 좋았고 새로 시작하는 회사에 긍정적인 이미지를 주는 데 일조했다는 말을 들으니 "아, 내가 잘못 살아온 것은 아니구나" 생각에 첫 이직을 앞두고 떨리고 있던 마음이 조금 진정이 되기도 했을 것이다.

"혹시 뭐 더 준비할 것 없을까요? 말씀해 주신 것만 준비하면 되나요?"라고 몇 번을 헤드헌터에게 묻고 새로운 입사를 준비한다. 새로운 환경에서 새롭게 시작하는 것은 늘 두려움을 주지만 또한 기대한다. 내가 원하는 새로운 미래가 그곳에 있을 것이라고 생각했기에 내가 이직을 결심했었다는 사실을 다시 한번 주지해 보는 것이다. 평생직장은 없다는 지금의 시대에 나는 아직 직장인으로서의 정체성을 유지하고 있다. 내가 무엇을 하든 직장생활의 경력은 내가 사회에서 인정받을 수 있는 가장 손쉬운 레퍼런스가 되어 줄 것임을 알고 있기 때문이다. 이곳에서 언제까지 계속 일하게 될지 알 수는 없지만 나는 가능한 오랫동안 이곳에서 내 경력을 쌓아갈 것이고, 나만의 어벤저스 팀을 꾸려 회사와 함께 성장할 것이다. 그것이 직장인으로서 성공한 나의 미래를 담보해 줄 것이기 때문이다. 이 곳에서의 성공은 훗날 다른 곳에서의 또 다른 성공의 촉매자가 되어 줄 것임을 믿는다.

이직이라는 것이 어쩌면 아쉬운 점이 없지는 않았을 것이다. 돌아보면 그때는 이랬으면 더 좋았을 것이고, 그때 만약 내가 이렇게 행동했더라면 더 나은 조건으로 입사할 수 있었을 것이라는 생각도 나중에 들기도 할 것이다. 다만 늘 무엇을 하든지 끝나고 나면 아쉬운 사항들은 있는 것이라고 생각하고 다음을 기약한다. 아마도 이번 이직을 통해, 이직이 그렇게 두려운 것만은 아니라는 사실을 알게 되었을 것이다. 또한 내가 속한 조직은 내 경력에 아주 중요한 요소이지만, 조직 자체가 전부는 아니라는 사실도 자연스럽게 깨닫게 되었을 것이다. 그리고 이러한 나의 깨달음은 평생 직장이란 없다는 지금의 시대를 살아가는 우리에게 아주 큰 도움이 될 것이라 믿는다.

그리고 커리어 컨설턴트로서 저는 이런 마음을 가지고 이직에 도전하시고, 지난한 취업의 과정을 견뎌내어 성공이라는 결과를 만들어 낸 당신을 깊이 응원합니다. 단언컨대, 유기적 성장 전략과 비유기적 성장 전략을 접목한 커리어 전략은 당신의 성공을 위한 최고의 무기가 될 것입니다.

실행까지 책임지는 커리어전략가, 김경옥 컨설턴트

* 성공을 위한 더 많은 커리어 전략과 노하우가 필요하신 분은 아래 채널을 구독하시고, 가입하셔서 실행을 함께하세요!

역전의 여왕 김경옥TV https://www.youtube.com/@kim.kyoungok
인생역전의 비밀, 타임해커 네이버카페 https://cafe.naver.com/oknimsalon

몸값 상승 시크릿

초판인쇄	2024년 1월 9일
초판발행	2024년 1월 15일
지은이	김경옥
발행인	조현수
펴낸곳	도서출판 더로드
기획	조용재
마케팅	최문섭
편집	이승득
디자인	호기심고양이
본사	경기도 파주시 초롱꽃로17 303동 205호
물류센터	경기도 파주시 산남동 693-1
전화	031-942-5364, 5366
팩스	031-942-5368
이메일	provence70@naver.com
등록번호	제2015-000135호
등록	2015년 06월 18일

정가 16,800원
ISBN 979-11-6338-435-9 03810